yo solo
Dr. Filipini

Derechos de autor © 2023 Dr. Filipini
Todos los derechos reservados
Primera Edición

PAGE PUBLISHING
Conneaut Lake, PA

Primera publicación original de Page Publishing 2023

ISBN 978-1-66249-941-8 (Versión Impresa)
ISBN 978-1-66249-482-6 (Versión Electrónica)

Libro impreso en Los Estados Unidos de América

Capítulo Uno

Abrí y cerré la puerta, la casa estaba en silencio cuando regresé, solo se escuchó un pequeño ladrido de bienvenida del perro de mi vecino. Detestaba cualquier sonido abrupto que me distrajera. Caminé en ángulo recto para encender la lámpara dorada a un lado de la cama. Traté de ignorar los pasos que hacían vibrar el techo y los crujidos de las ventanas que sonaban como ramas movidas por el viento, como si las puntas chocaran contra el cristal, excepto que no había árboles cerca de mis ventanas. Yo vivía temporalmente en un apartamento en lo alto, lejos del suelo, más cerca del cielo y lógicamente ninguna rama golpeteaba con tal insistencia. Ya era la medianoche y apagué la calefacción. Me senté en la cama, me desvestí, recordando a mi maestra de noventa años que afirmaba que lo más importante en un ser humano consistía en una buena cama, grande y confortable que nos permitiera descansar a nuestras anchas, plácida y relajadamente.

Afuera un tren nocturno anunciaba su salida al infinito. Los trenes hacen mucho ruido, especialmente cuando uno no puede dormir. Al estarme desvistiendo me contemplé en el espejo que estaba en la puerta del closet, al lado izquierdo de la cama. Me puse la pijama y me metí bajo las sábanas. Me acordé que se me olvidó revisar el correo del día. Me levanté y vi que había dos cartas, una anaranjada y otra amarilla. Me aseguré que el destinatario era yo.

Verifiqué mi nombre en los sobres y sí, eran para mí. Iban dirigidas al Sr. Gatto (ese soy yo). Sabía de antemano que ambas traerían noticias sobre la mente. La pasión más grande de mi vida es la mente, vista desde diferentes ángulos: psicológico, espiritual y filosófico. No importaba el orden en que leyera las cartas, me decidí primero por la anaranjada, que es el color de los hábitos de los monjes que practican la férrea disciplina del yoga. Después le tocó el turno a la amarilla, seguramente también traería buenas nuevas sobre la meditación.

El apartamento donde me encontraba momentáneamente estaba ubicado en el piso veinticinco, mirando hacia el noroeste de Manhattan en Nueva York. Desde ahí se podían ver las nalgas de múltiples edificios viejos y también la construcción de algunos nuevos. Al lado izquierdo percibía el *Empire State Building* y al lado derecho contemplaba un corto tramo del río *Hudson*. Más allá del río resaltaban algunos edificios que ya pertenecían al estado de Nueva Jersey.

De frente y en lo alto destacaban los últimos pisos del Hotel Nueva York. Un letrero luminoso con las letras en rojo y blanco: ene, e y doble u, se prendían y se apagaban, se apagaban y se prendían. Escuché el sonido de una ambulancia, la sirena en la distancia aumentaba y disminuía cíclicamente. Tenía tantas ganas de dormirme que esperaba ingresar a los brazos de Morfeo tan pronto como fuera posible. Deseaba con todo mi corazón una noche tranquila, para que todo el estrés y mi constante depresión y ansiedad desaparecieran por completo.

Cerré las ventanas y me volví a acostar otra vez. Apagué la lámpara. No sé si logré conciliar mi sueño o no, pero me desperté en la obscuridad precipitadamente sin saber la causa de mi abrupto despertar, solo consciente de un sonido donde no había sonido y quizás de manera semi inconsciente, de que mi dormir había disminuido temporalmente. No logré conciliar el sueño, una cascada de pensamientos viajaba a través de mis neuronas y dendritas. Empecé a reflexionar sobre la idea de mi gusto por hablar acerca de lo que es importante para mí y no lo que la gente quiere escuchar. Por fin caí en las manos de Morfeo. Soñé de cómo durante un mismo día una persona puede pasar del cielo al infierno y viceversa. Soñé acerca de la belleza física: el poder de la belleza es efímero, la belleza física no es para siempre. Lo que no he entendido es porqué la belleza siempre ha sido importante para mí. Soñé que la vida era una ilusión, ya que en orden cronológico primero fue Buda, luego Calderón de la Barca y después Einstein quienes afirmaron que la vida es una ilusión. Al final nada es de nadie o mejor dicho nadie es dueño de nada. Sin embargo, aunque en la búsqueda de la felicidad todos tenemos las mismas oportunidades: prostitutas, monjas, sacerdotes, ateos, pensadores, doctores, escritores, cantantes, ricos, pobres, blancos, negros, ejecutivos, amas de casa, yo me siento solo y no sé por dónde darle. A mi parecer todos son felices menos yo. Creo que algunas personas hemos nacido para encarar la vida solos. Yo vivo solo. Seguí acostado, no sabía si soñando o pensando y mi mente se volvía loca parloteando. Como no pude parar el flujo de mis pensamientos, lo siguiente que apareció en mis neuronas cerebrales fueron ideas sobre la existencia.

Vivo solo, completamente solo. Nunca hablo con nadie. No recibo nada, ni tampoco doy nada. Es verdad que a nadie le importo, ni quieren saber cómo paso mi tiempo. Cuando vives solo, pierdes idea de qué cosas importantes vas a decir a otros: las cosas concretas desaparecen, así como también los amigos. Abrí los ojos y unas manchas de sol frío blanqueaban las ventanas. Me levanté, me puse una bata, me dirigí hacia los pálidos rayos del sol. Observé el movimiento de mis manos y en la manga de mi bata bostecé con mucha pereza.

En la semi obscuridad volví a encender la lámpara de la mesita y apareció un halo brillante en la puerta del closet: el espejo. Las caras de otros tienen algo de sentido, como una dirección, pero la mía no. Dejé caer todo el peso de mi cuerpo en el filo del espejo y acerqué la cara hasta tocarlo, la superficie estaba fría. Los ojos, la nariz y la boca desaparecieron, no quedaba nada humano. Arrugas obscuras y profundas se mostraban a los lados y alrededor de los labios delgados y muy italianos. También veía grietas, un lunar en la mejilla derecha, dos pelos saliendo de las fosas nasales como espinas de nopal (odio los pelos de la nariz y las orejas, por más que los recorto parecen no tener fin). El gusto por trabajar había desaparecido totalmente, además de lo que yo llamaba no hacer nada: solo me mantengo esperando las horas de comer y la noche para dormirme.

De repente unas lágrimas escurrieron por mi cara. Lloré todo lo que tenía que llorar. Me soné la nariz y escuché el tráfico pesado que iba y venía por las calles cercanas. Si tan solo el tráfico pudiera entenderme. Traté de dormirme otra vez. Ya como a las cinco y media de la mañana, me levanté a la fuerza y sin mi consentimiento. Me levanté no porque quisiera hacerlo, sino que mi vecinita, una niñita originaria de Yemen que vive en el apartamento contiguo, lanzó unos chillidos que llegaban hasta el cielo. Claro, la muchachita era una malandrina, por ese lado me gustaba. Siempre he preferido a los malandrines más que a los niños bien portados, pero en este caso particular, odiaba cuando me despertaban temprano y sin querer. Respiré profundo, conté hasta diez y terminé con el rollo de mi vecinita. Seguí con otra corriente de pensamientos. Es extraño, pero nunca había sido un hombre vano, pensaba que el dolor era el peor aspecto de esta vida. No, el dolor no, era la deterioración, el monstruo aparece. Otra vez el puto espejo, traté de evitarlo, pero no pude.

Contemplándome en el cristal de las moléculas del espejo me acordé que fui un hombre guapo y atractivo. Por alguna razón desconocida en ese momento, personalmente estaba más interesado en la muerte, me daba cuenta de que la humanidad era una tumba, sopesé el valor de la vida humana, algunos mueren y otros más nacen en una carrera febril, dando vueltas y vueltas como el "Samsara" (el ciclo de la continuidad) sin que una vida tenga más sentido que la otra. Sin embargo, algunas veces el juego hace sentido. La pasión, el fervor y la adicción al juego engloban todo, contiene todo, consumiéndose y destruyéndose como un prerrequisito para la vida. Tal parece que sin pasión la vida no tiene ningún sentido.

No pude retirarme del espejo, me seguí contemplando con más fuerza: mis ojos verdes usualmente afilados, lucían nebulosos y bajos de energía. La cicatriz que me acompañaba desde niño en la parte superior externa de mi ojo derecho. Cicatriz que se formó a raíz de jugar con un patín del diablo que me ganaba en estatura y un día al bajar y levantar la cabeza cuando me impulsaba con el pie izquierdo, mi cara pegó en un tornillo del manubrio y me rasgó arriba del ojo derecho. También veía mi nariz encorvada y muy italiana. Alrededor de mis sienes destacaban los cabellos grises que avanzaban sin piedad, dejando su huella profunda en la mata de pelos negros, aunque las mujeres insistían que el pelo gris solo acentuaba mi masculinidad, afirmando que me veía más sexy. Lo único que yo deduzco es que el caballero de pelo gris y bien afeitado que camina en las calles, es la misma persona conflictiva del espejo. Yo, es una noción que requiere el presente inmediato. Ayer, el yo fue un mito, una mera posibilidad del yo de hoy. ¿A dónde se ha ido el yo joven? El recuerdo de mi niñez, de mi adolescencia en Italia. Mi aislamiento en la ciudad de México y Nueva York y mi miseria en cada minuto de mi vida en cualquier parte del globo terráqueo me dieron nuevas dimensiones. Cada etapa de mi metamorfosis se enriqueció con anécdotas, descripciones, observaciones y formas de pensar, sin embargo, detesto el yo actual porque parece un yo viejo que no ha encontrado su lugar, siempre perdido, solo y sin saber el porqué de la existencia.

Capítulo Dos

Me identifico con la luz. El sol y el mar son sinónimos de vida para mí, por lo tanto, los días soleados son acción, movimiento, felicidad y energía positiva. Detesto los días que neva. Odio los días lluviosos y ventosos. Pero en ese momento, siete y media de la mañana, estaba nublado por desgracia. Automáticamente, mi energía se bajaba a cero y desaparecía mi gusto por la vida. De cualquier manera, traté de concentrarme en mi meditación, enfocándome lo mejor que pudiera y dejando a un lado el día grisáceo, opaco, semioscuro, lleno de nubes, que a su vez eran capaces de nublar mis emociones y también arrastrarme en picada a la depresión. Unos minutos antes de la meditación tomé una vez más la carta anaranjada y volví a leer el contenido que explicaba sobre el yoga y sus planos y que a veces me costaba trabajo entender, pero que por alguna razón desconocida me motivaba a seguir adelante. Después de leer traté de recapitular y en voz alta expresé lo siguiente:

"Cuando un yogui alcanza el plano supremo del yoga, su kundalini ya despierta, penetra y se dispersa por todos los nervios, todas las células y todos los pelos del cuerpo. Para cualquier ser humano es muy importante despertar su kundalini. La kundalini es un poder, una energía extraordinaria, una vibración que está ubicada en la base de la columna vertebral y mientras está dormida, se encuentra enroscada como una serpiente, pero que al ser despertada se empieza a desenroscar y a elevarse y penetrar a través de los diferentes chacras del organismo. Se dice que la kundalini es el alma de un individuo y su fuerza vital, es el poder consciente más allá de sus sentidos, es aquello que inspira más allá del intelecto y hace que la mente se vuelva contemplativa.

Así cuando la kundalini ha penetrado por completo los cuatro cuerpos externos (externo, sutil, causal y supra causal), las cinco envolturas concéntricas (de materia física, energía vital, mente, inteligencia y felicidad absoluta) y los tres estados (de vigilia, soñar y dormir profundo), estabiliza firmemente la percepción del yogui de realizar la unidad en todas partes.

Aprendemos conscientemente a unir las dos facetas de la respiración, el prana y el apana que al encontrarse, causan una ignición de conciencia en el plano del ombligo que luego crea una experiencia de calor intenso y éxtasis.

Algunos consideran esta experiencia como la iniciación primaria dentro del mundo interno de la práctica de yoga. Esta es la razón por la que el santo patrón de hatha yoga, Ganesha, el dios con cabeza de elefante que simboliza la kundalini despierta, tiene una panza grande.

De hecho, como se puede ver en las ilustraciones de Ganesha, su cuerpo completo representa los procesos de hatha yoga. Tiene una panza enorme y una cobra alrededor de su ombligo está enredada, y justamente en el punto del ombligo las cabezas de la cobra, que en este caso tiene múltiples cabezas, se están abriendo y levantando, simbolizando la unión del prana con el apana. La panza que está más abajo está ahuecada".

Adoptando la posición del loto: cerré mis ojos, tomé tres respiraciones profundas y repetí mentalmente el mantra (una frase energéticamente poderosa, sagrada y secreta), que me fue asignado por mi Guru de la India en mi iniciación en el mundo del yoga. Repetía el mantra con la inhalación y la exhalación: mantra con la inhalación, mantra con la exhalación.

Al cabo de un rato inevitablemente los pensamientos aparecieron imparables, sin final. Mi mente hablaba y parloteaba sin callar. "Tengo que comprar los camarones crudos grisáceos, y así cuando se estén cocinando en agua, ver como de manera majestuosa se tornan anaranjados. Observar este espectáculo de cambio es uno de mis momentos favoritos. También compraré las aceitunas verdes como la esperanza, huevos orgánicos blancos y puros como una virgen, tortillas de maíz que me recuerdan la cultura azteca. Deliciosas paletas de chocolate obscuro (soy adicto al chocolate). Salsa verde como mis ojos...".

Repite el mantra, ¡concéntrate Gatto concéntrate! Haz como dice tu Guru: cuando los pensamientos aparecen durante la meditación, déjalos pasar como las nubes.

"Lo que no entiendo es porqué esa vieja gorda me gritó en el metro. Si supiera ella que parece una vaca echada". Repite el mantra con cada inhalación y cada exhalación. ¡Concéntrate Gatto, Concéntrate!

Abrí mis ojos e inmediatamente llegaron a mi mente esas frases tan familiares para mí que siempre me han torturado, acerca de que, no encuentro mi lugar, de que no sé qué quiero, la vida es aburrida, me siento como muerto en vida, la vida es rutinaria y la rutina me mata.

Odio lo mismo todos los días. Aunque trato de hacer lo mejor día tras día, siento como si todo mundo es feliz y que siempre tiene algo interesante que hacer, menos yo. Me muero de ganas por saber por qué y para qué sigo vivo, descifrar cuál es mi objetivo en esta vida. Me considero una buena persona. Le he estado buscando y buscando por todos lados, pero no encuentro la respuesta. Estoy seguro de que en estas condiciones emocionales y psicológicas lo mejor sería morirme. Cierro nuevamente mis ojos, trato de continuar meditando: ¡Concéntrate Gatto, inhala, exhala, inhala, exhala!

Después de la meditación, agarré un pedazo de papel blanco y un lápiz. A veces prefiero escribir con lápiz y no con pluma porque el sonidito que produce el lápiz al estar escribiendo me parece mágico y me relaja. En el blanco total del papel que sentí como si estuviera pintando una nueva obra de arte, surgieron las siguientes palabras:

"La soledad es la misma. ¡Solo! Mis pensamientos se esfuman como la técnica de 'sfumato' de Leonardo da Vinci. Leonardo afirmaba que lo bueno compite contra lo perfecto, no se conformaba con solo lo bueno, tampoco yo".

Sentado, con el lápiz en la mano, en frente de mi laptop plateada, que a su vez estaba frente a la ventana del departamento desde donde podía ver el río Hudson, rodeado de árboles clorofílicos y paradójicamente de calles pavimentadas. Al mismo tiempo me cuestionaba si realmente fui iniciado en yoga, si la soledad se consideraba buena o mala, si sentirse solo te volvía pecador, si escribir acerca de la soledad interesaba o no. Una luz en mi laptop relampagueó y como también me había conectado a un sitio virtual de sexo con la posibilidad de chichar, pensé que había una mujer en puerta... Pero preferí apagar el sitio de sexo y me fui a YouTube. Me puse a ver un video de "La Pietá", la obra escultórica espectacular creada por Michelangelo.

¿Por qué estoy solo y mucha gente vive en pareja, y yo, siendo un buen ser humano no tiene absolutamente a nadie? ¿Soy yo? ¿Es mi destino? ¿Habrá alguien para mí? Tal vez mi vibración física y mental cierra las puertas del Ser y por eso permanezco solo, totalmente solo. ¿Qué quiero? ¿Será que no me amo lo suficiente? ¿Estoy en esta situación por ser egoísta y narcisista? No tengo la respuesta.

Por un lado, confundido, y por otro me di cuenta de que a veces disfrutaba estar solo y me conectaba con mi ser interior en un punto en donde sentía completo relajamiento. Cuando me preguntaba que quería de la vida, mi respuesta: No sé, sin embargo cambiaría todo por un minuto de paz interior. De cualquier modo, ¿cómo evitar esos sentimientos de vacío, esos sentimientos de vacuidad floreciendo dentro de mí, que me llevan a la tristeza y la depresión?

Escribí con el lápiz: -P – Pens – pensa – pensar -Yo pienso.... -S – so – soy - Yo soy.

Conclusión: Existo, luego soy... Existo y después siento.... ¿Existo...? Existo en cuatro paredes.

Existo en una ciudad... ¿Yo soy el universo? No... ¿Estoy muerto en vida...? No, ¡yo sobrevivo! -

Cambié mi escribir a hojas de papel color verde y cada vez estaba disfrutando más la sensación de garabatear con la vibración del lápiz y no en la mecánica laptop, sin sabor a vida. Cuando la mirada de mis ojos cayó en el montón de hojas de papel verdes regadas en la mesita blanca, me tocaron profundamente, como si su mirada incierta se me regresara. Lo que había escrito pertenecía al pasado. Miré ansiosamente alrededor mío: el presente, la mesa blanca, un escritorio de madera, una laptop plateada, un closet con un espejo gigantesco en la puerta, yo y mis pensamientos.

Lo que pasaba es que necesitaba confesar mi pasión por la prostitución. Una carga que había venido acarreando por años. No sabía por qué y me daba vergüenza, pero realmente sentía la necesidad de hacer algo por el mundo prohibido de las putas. Me gustaría fundar una especie de universidad para formar putas educadas. Por más que había excavado dentro de mi ser, no encontraba la conexión entre yo y mi pasión por la vida de las prostitutas. ¿Yo, psicópata?

Capítulo Tres

Con el afán de encontrar una solución a mi depresión y pensando que al vivir en el mismo espacio todos los días era tremendamente aburrido, me di a la tarea de buscar nuevos lugares donde morar y así encontrar nuevas motivaciones para seguir adelante. Renté otros dos apartamentos, uno en *Coney Island* y otro en el *Bronx*. Lo que significaba que oficialmente poseía tres hogares. Uno en *Manhattan* al que le puse el nombre de la Gatto-Guarida, uno en *Coney Island* y el otro en el *Bronx* del lado Oeste.

El fin de semana me trasladé hasta mi hogar alternativo en el *Bronx*. Un apartamento ubicado cerca del estadio de los *Yankees*, en un pequeño edificio de cuatro apartamentos. El mío en el segundo piso y viendo a la calle. Una recámara, la sala, la cocina y el baño.

Lo más importante: instalé un espejo octagonal de dos por dos metros en la sala. Me senté en un silloncito móvil en frente del espejo grande, tan grande que estaba seguro de que me diría mi también grande realidad.

Esto fue lo que vi: un hombre viejo, canoso y con los músculos débiles, fofos. Aunque era la misma persona que a los dieciocho años y por supuesto el mismo que a los seis corría y brincaba como loco, no me cabía la menor duda y estaba seguro de que era yo y una parte de mí.

No había discontinuidad. Sí, había cambiado totalmente, pero al mismo tiempo mi convicción de que había permanecido igualito, el mismito, era absoluta. Nunca me había sentido intrigado de esa manera, sin embargo, de otras maneras podría estar en peligro de extinción.

DR. FILIPINI

Existía ese sentido de continuidad a lo largo del eje del tiempo, desde que fui niño en mi país natal, hasta Nueva York, donde hoy soy un hombre invisible y avejentado. Por supuesto, incluido otro hombre de cuyo nombre difícilmente recuerdo, donde fui joven y muy bello. No cabía duda que era el mismo.

Había estado sentado en frente del espejotote por horas. Mis brazos colgando como listones de carnaval. Nada había cambiado en ese cuarto. Por allá veía papel verde y un lápiz paralizado en una mesa circular. Me quería levantar y salirme a la calle, hacer algo, no importaba que. También en el *Bronx* la vida se tornaba aburrida. Intenté levantarme, pero ni siquiera pude mover la más mínima fibra muscular, ni de la pierna derecha y tampoco de la izquierda.

Permanecí sentado. Me callé en mi soledad, poniendo oídos sordos al golpeteo del sistema solar y al ruido que mi vecino, originario de Turquía, hacía con la aspiradora, limpiando su alfombra oriental a las no sé qué horas del día, y con ese ruido intenso que resonaba en mi corazón, enviándome un dolor inaguantable a lo largo de la carne. Sufriendo esos tormentos con el miedo que alguna vez tuve, el miedo que había aguantado, el pavor de una existencia agonizante. La existencia detestable que me condenaba.

Reflexioné. ¿Ahora qué sigue? Hay gente que vive sola sin hablar nunca a otra alma, quien lleva una vida completamente hacia el interior, aislada de la sociedad. Como los prisioneros que se encuentran confinados y los monjes. No hay evidencia que sugiera que estos pobres diablos y santos se vuelvan locos o se consuman hasta desintegrarse.

Hundido en el sillóncito de color verdoso, ahora me sentía inquieto con ese mandato categórico que anulaba mis planes, los amarres con mi vida presente y que quemaba todos mis sueños para el futuro. Luego, entonces, mi felicidad perfecta nos sabía dónde estaba. Ese cielo en el cual había encontrado acogida, debía ser abandonado. Tenía que zarpar otra vez afuera de la tempestad de estupidez que me abollaba en todos estos años. Los doctores generalmente hablaban de distracciones y diversiones: me preguntaba, ¿con qué y con quién suponen ellos que puedo distraerme o disfrutar yo solo?

Se me vino a la mente el filósofo griego Parménides. Su filosofía era como el cuento de un sueño. Parménides estaba atrapado en el mundo durante una noche obscura cuando lo visitó una diosa que le ordenó que encontrara el camino de la luz de la verdad. La diosa estableció que había dos caminos en la vida, el camino del "es" y el camino del "no es". El camino del 'es' se refería al camino de la verdad que te saca de la obscuridad. El camino del 'no es', no era un camino real o verdadero, era el camino de la nada, más bien que algo y nada no podían ser conocidos. Ese camino no podía estar iluminado por la luz del ser y permanecía como el camino de la obscuridad y del no ser.

A Parménides no se le permitió tomar la decisión por sí mismo y la diosa lo empujó a escoger el camino del "es". De acuerdo a la sabiduría fantástica de su divina aparición, si se elegía el camino de "no es", como consecuencia se quedaba inhabilitado del pensamiento. Para el pensamiento no podía ser lo que "no es" sino solo "lo que es", por consecuencia el pensamiento y el ser son lo mismo.

Tratando de entender un poco, porque ya me estaba haciendo bolas, la filosofía de Parménides pregonaba que lo que tenemos todos en común, innegablemente es la cualidad del ser. Los seres son, existen, hasta el punto de que los seres que no existen no se pueden considerar seres. El ruido o la luz son seres. El silencio o la obscuridad no existen, son ausencias del sonido y de la luz. También Parménides decía que, en el destino del ser, nada hay ni habrá fuera del ser, ya que el destino lo encadena en una totalidad inmóvil.

El ser es inmóvil, pues queda claro que no puede llegar a ser, ni aparecer, ni cambiar de lugar para lo que sería necesario afirmar la existencia del no ser, del vacío. Creo que la influencia de la filosofía de Parménides inauguró la idea de cómo los seres humanos deberíamos solo preocuparnos con lo que es, no con lo que podría ser y que tampoco con lo que aún no ha ocurrido o que no es. Parménides orientó sus pensamientos hacia la existencia y vio la no-existencia como no valorar el esfuerzo.

También el pensamiento de Kierkegaard, el filósofo moderno, era similar a Parménides. De acuerdo a su filosofía, en la vida tú tienes que escoger un camino o el otro. En el momento que eliges es el momento cuando tu verdadera vida empieza: antes de la elección se considera que tú no exististe del todo. Este filósofo también veía que la existencia moderna estaba gobernada por algunos estados emocionales muy dolorosos: la ansiedad por elegir, temor por el futuro e inutilidad en la cara de la muerte.

Me sentía confundido, yo realmente no sabía cuándo ser y cuándo no ser. Lo único que si sabía era que solamente había una cosa cierta, el tiempo estaba pasando y había pasado aun si las ocurrencias no habían asumido una forma visible. El tiempo se había deslizado y se seguía deslizando a través del agarre de la memoria. Un gran compromiso de tiempo había vivido a plenitud los días como si fueran agotados. Viví docenas de vidas en diferentes épocas, en diferentes idiomas y entre gente diferente. Mi nombre había tenido diferentes valores, había sido pronunciado en diferentes formas. Mi vestuario había cambiado con la ropa que estuviera de moda. La gente que frecuenté hace cuarenta años no la puedo llamar ahora mis conocidos.

Ciertamente, me veo envejecido, pero también me veo en cómo lucía a los cuarenta y a los veinte, un hombre con características totalmente diferentes. En el Sur mis gestos eran más vivos que los del Norte. Allá no fumaba, aquí fumo de vez en cuando. Allá bebía cerveza, aquí brandy. Allá una rubia, aquí una morena. Siempre me he dicho a mí mismo que nunca he tenido duda acerca de mi identidad.

Levanté mis cejas irónicamente, como siempre que oía o leía la frase de que alguien estaba buscando su identidad. Es como los historiadores que pierden su objetivo que es honestamente suyo. Aunque yo mismo escasamente podía haber indicado mi propia identidad, me volvería loco con desesperación. Lo que había sucedido en este mundo entre el año en que nací y hoy era superincreíble. Había cambiado tan radicalmente que uno podía escasamente creer que era la misma persona que vivió varias épocas, experimentó varias condiciones y me marcó a mí mismo. Uno va inevitablemente por la vida a través de innumerables metamorfosis. 'Yo' en Español, 'I' en Inglés, 'Io' en Italiano, 'Je' en Francés, 'Ich' en Alemán, 'Ana' en Arabe, 'Ani' en Hebreo. ¿Quién chingados soy Yo?

Capítulo Cuatro

Tiempo de glorificar mis papilas gustativas. Me preparé una taza de café con crema y una cucharada de azúcar. Dos pedazos de pan tostado: los embarré con mantequilla, a un pedazo le espolvoreé polvo de chocolate y al otro le embarré mermelada de fresa. Un huevo cocido en agua durante exactamente quince minutos y una porción de plátano macho.

En el momento que preparaba mis alimentos mi madre apareció en mi cerebro. Ella siempre se quejó de lo infeliz que fue como niña, debido a que ella no tuvo un padre legítimo. Ella fue registrada como una niña natural y no como una niña legítima, por lo que era el centro de burlas en el pequeño pueblo donde creció. En esos tiempos ser ilegítimo era condenado por la iglesia católica. Ella odiaba el hecho de que mi abuela, su mamá, haya tenido una relación sentimental con un hombre casado. Es por eso que constantemente nos repetía a mí y mis hermanos: "Tienen que casarse. No voy a permitir a ninguno de ustedes vivir en concubinato o en una relación libre. Yo sufrí mucho por ser hija ilegítima y no quiero que ustedes experimenten lo mismo".

Para acabarla de joder, la vida llevó a mi mamá a crecer en un ambiente alcohólico. Su mamá, mi abuela, era dueña de una cantina. El bar estaba conectado directamente a su hogar y entonces mi mamá para llegar a su casa, tenía que pasar primero por el bar y tenía que tolerar a los borrachos que le faltaban al respeto. Desde un punto de vista lógico puedo entender las frustraciones de mi madre. El alcohol no era lo ideal para tener un buen desarrollo humano.

Pero hubo algo en la forma de educarnos que no funcionó, porque mi mamá con su odio y frustraciones me hacía sentir culpable.

Era como si yo, como niño inocente, hubiese sido responsable de los problemas de su vida, y por si fuera poco, increíblemente y para cerrar el círculo, mi padre fue alcohólico.

Después del desayuno, para variar, no tenía ganas de salir. Me quedé en el apartamento del *Bronx*, estando consciente de mi soledad, que a veces me gustaba y a veces me conflictuaba. Siempre tuve la curiosidad de cuál es el significado de la palabra "solo". Busqué en el diccionario la definición en la que aparentemente se considera un adjetivo.

Primera definición: Solitario.

Segunda definición: Tener un sentimiento depresivo de sentirse solo.

Tercera definición: Aislado.

Claro, yo soy todo eso. Inmediatamente, mi identidad surgió en las tres definiciones. Si de acuerdo a esas definiciones oficiales del diccionario deducía quién era yo, eso quedaría de esta manera: "Yo soy un hombre solitario que tiene el sentimiento depresivo de estar solo y que todo ese medio ambiente le empuja a estar aislado".

¿Era malo sentirse solo? Para mí y solo para mí la mayor parte del tiempo disfrutaba al estar solo. La sociedad me había enseñado a que debía tener interacción con otra gente. Había situaciones en las cuales la interacción envenenaba mi ser interior y mi punto de vista de ver la vida. No tenía por qué llenar todas las reglas creadas por una comunidad más bien materialista. Yo creo que la parte coyuntural era y es el respeto. Mientras yo respetara a los demás podía encontrar el camino adecuado para mí, independientemente de la interacción o no. A veces he sentido que otra gente me contagia puras vibraciones negativas. La televisión, el radio, Facebook, Instagram, YouTube, manejan y controlan tu mente y personalidad. Como consecuencia uno mismo empieza a despersonalizarse y te conviertes en otro que no eres tú.

Capas y capas de energía negativa se van añadiendo poco a poco hasta que se te olvida quién realmente eres tú en esencia. Lo ideal sería hacer una limpieza de todas esas capas añadidas hasta llegar al fondo de tu ser o también sería como un proceso de desaprender tu yo actual falso y re-contactar con tu ser original. La meditación es un buen recurso. Agarré un papel, me concentré y escribí: "He vivido solo, completamente solo. Nunca converso con nadie, nunca. Yo no doy ni recibo nada de nadie. Soy la nada. La conversación con la mujer de la biblioteca no contó. El mesero del restaurante donde como, ¿realmente hablé con él? No. Bueno, solamente lo necesario cuando ordené mis alimentos y bebidas. Con el portero de mi edificio hablaba a veces, dependiendo del modo en que me encontrara en el momento". Cambié de opinión y por fin me decidí a salir, me fui a un café. Pedí un capuchino y en el camino a mi mesa pasé por un espejo colgado en la pared de la cafetería, revisé rápidamente mi imagen facial. El cabello lucía bien, el resto de la cara preferí no verlo. Los jóvenes alrededor mío me sorprendían, mientras bebían su café platicaban cosas lógicas y creíbles. Si les preguntabas que hicieron ayer no se molestaban, te actualizaban luego en pocas palabras. Si estuviera en su lugar me desplomaría fácilmente.

Es cierto que durante mucho tiempo nadie se ha preocupado por mí, ni tampoco les ha importado lo que hago. Viviendo solo hasta se te olvida como es hablar con otros porque lo plausible desaparece, así como también desaparecen tus amigos, simplemente se esfuman. La pareja en la mesa de al lado estaba fumando. Siempre me ha molestado el humo.

A veces les permitía a los eventos de mi vida que fluyeran. De repente observaba gente surgir, oía historias sin principio ni fin, me convertía en un testigo terrible. Pero en compensación, uno no pierde nada, no hay historia demasiado importante para que fuera creída. En la cafetería de todas maneras la gente compartía las mismas experiencias de soledad, duda, angustia y la misma profunda preocupación por el destino de cada individuo. Duda e intuición, dolor, éxtasis, angustia y desesperación. Esos términos no podían ser explicados en la materia de categorías racionales.

Por fortuna, mi viaje a París se acercaba. Esperaba que al cambiar de ambiente me ayudaría a resolver mis conflictos existenciales, a ver con claridad que es lo que quería. Me levanté de la mesa, pasé nuevamente por el espejo, ¿me veo o no me veo? No, no me vi.

Capítulo Cinco

Estoy literalmente en el aire, volando en un avión de Delta rumbo a París. Ansioso, contento, alegre, con muchas expectativas y aunque me prometí relajarme durante el viaje, mis pensamientos están al cien: Insisto que la realidad solamente ha existido cuando uno mismo sabe y experimenta. Sé que está presente aquí y ahora un sufrimiento existente y cualquier sistema de pensamientos que anula este sufrimiento sería tiránico. Aun cuando miro hacia dentro de mí, ¿qué encuentro? Nada. Viendo hacia atrás, más allá del nacimiento o hacia adelante más allá de la muerte, vacío es todo lo que he visto. Mirando en mi propio centro, poniendo a un lado todo el conocimiento, todos los recuerdos, todas las memorias, todas las sensaciones, he visto el abismo del ego sin forma e inconcebible, como el núcleo de un átomo que me ha llevado a preguntarme de cómo los filósofos a través de la historia se han preguntado: ¿Por qué hay algo en vez de nada? ¿Por qué el mundo, por qué el universo en vez de un vacío? Tratando de súper concentrarme en esta nada dentro de mí y subrayando el objetivo de la superficie de la realidad, gradualmente he transformado nada en el concepto de vacío, uno de los grandes logros de la sensibilidad humana.

La nada como fuerza, como suelo, una realidad -en un cierto sentido de realidad. De aquí ha venido la desesperación del hombre, pero también si el hombre tiene coraje, su integridad lo puede llevar a algún lado. Cuando hablo de la nada, me refiero a la ausencia o cesación de la vida o existencia, algo sin valor, significado o importancia.

"*Bon Jour*, bienvenidos a París, en este momento son las ocho de la mañana y...".

El hotel que la agencia de viajes me sugirió, estaba jodido. Al parecer ni siquiera tenía internet y el elevador viejo y muy pequeño.

—¿Cómo es posible que no tengan servicio de internet? No puedo acceder a mi laptop —le dije a la recepcionista del hotel "Merci" en París. Un modesto, sobre evaluado hotel, con una cafetera vieja ubicada en el lobby, para que te prepares café como una cortesía a los huéspedes del hotel y sus invitados.

—Claro que tenemos internet —contestó la recepcionista.

—Entonces, ¿cuál es el *password*?

—No tenemos *password*. Usted agarra la señal de uno de nuestros vecinos.

—Agarrando la señal de alguien no cuenta como *password*. Ya lo intenté y no pude.

—Quizá es porque usted está en el séptimo piso.

—¿Me puede cambiar a otro cuarto? —La secretaria tecleó en su computadora.

—Lo siento, no tenemos cuartos disponibles en otro piso.

Se suponía que me iba a encontrar en veinte minutos con mi amigo Luca y su esposa en el Hotel "Mykonos". De acuerdo al mapa en Google, caminando me llevaría como media hora. Lo tomé con calma y traté de disfrutar la caminata.

Una tarde maravillosa del mes de mayo en París. Los ciudadanos parisinos son netamente metropolitanos, caminando y vestidos al último grito de la moda de Dior y Chanel. Yo llevaba puesto el clásico saco azul, corbata roja y pantalones azul marino. Era lo que usualmente me ponía para las citas formales, un hábito que inicié desde joven en mi pueblo italiano natal. Aunque en esa etapa de mi vida, siendo muy joven, me sentía más cómodo con mis Levi's quinientos uno, una camiseta y por supuesto mis tenis "converse" que era lo que de manera inconsciente la moda y la influencia americana nos imponía usar.

Caminé hacia abajo de la calle de la *Paix*, pasé el hotel carísimo cinco estrellas "Grand Hyatt" y la boutique de la joyería "Cartier" donde se exhibía un collar de diamantes en el aparador que costaba diez mil euros. Por cierto, el Hotel "Lafayette" se encontraba exactamente a dos puertas, con una entrada discreta negra y dorada.

DR. FILIPINI

El lobby elegante, sillas y sillones verde pastel, piso de mármol y una mesa del mismo estilo que los otros muebles. A la vuelta de la esquina estaba el Hotel "Ritz", que se hizo famoso, ya que fue donde a lady Diana se le grabó por última vez, al pasar por la puerta giratoria. La princesa Diana me caía superbién, ella fue la única dama bonita y carismática entre toda la bola de reinas feas: hablo de la reina Elizabeth y su familia. Yo no entiendo por qué las reinas originales no son bonitas, todas son feas, muy feas y tampoco entiendo como el príncipe Carlos prefirió una mujer vieja, gorda, fea y casada, sobre la bellísima Lady Di.

Le dejé un mensaje a mi amigo Luca en la recepción del hotel, diciéndole que ya estaba en el lobby. Me sentía sumamente nervioso, pedí un *expresso* y un *perrier*. En el lobby había una vitrina que exhibía una pluma de ciento cincuenta euros, y yo que a veces no era capaz de escribir ni con una pluma de a dólar. En el otro lado se encontraba una pila de periódicos internacionales: el *New York Times*, el Guardián, *Le Monde*. Un coreano millonario con un saco de Gucci gritando como un loco, para que todo mundo se enterara de sus problemas, incluido yo, "Tengo una reservación para la mejor mesa de su restaurante". Sus gritos me estaban poniendo más nervioso. También había una pareja rusa, ya madurones, con una maleta negra *samsonite*, al parecer en el proceso para ingresar al hotel.

Saqué un pequeño cuaderno, empecé a escribir una lista de lo que se me venía a la mente. Aprendí que al escribir podía disminuir mi ansiedad y relajarme con la información que apareciera en mis neuronas cerebrales. Trataba de disciplinarme a escribir cuando estaba tenso.

Había logrado llegar hasta la oración número cuatro, que decía así: "Diferencias entre la soledad por gusto y la soledad no deseada". De pronto se abrieron las puertas del elevador. Puse mi cuadernito rojo en un bolsillo de mi saco. Cinco hombres, todos vestidos iguales, con chamarra gris, corbata verde y camisa blanca como la nieve, fueron vomitados por el elevador.

Corrí, estaba asustado, necesitaba estar solo. Ya en mi cuarto de hotel un poco más calmado me senté en la única silla que había, estilo Luis XV, que me hacía sentir como un monarca universal. Siempre he pensado que la vida se equivocó conmigo, yo nací para ser un Rey y no llevar una vida de sufrimientos, de soledad e incertidumbre, cuestionándome a cada minuto. Esta silla que por cierto es azul, por alguna razón la siento incómoda, como que no me ayuda a concentrarme. Agarré una cobija y me fui al baño. Cerré la puerta y coloqué la cobija en el suelo y seguía con los pensamientos. Era la primera vez que iba a un baño a hacer otra cosa diferente que orinar, defecar, bañarme, lavarme las manos, rasurarme o contemplar mi bello rostro. Además de que estaba fresquito, se sentía un ambiente de tranquilidad.

Mis pensamientos como ondas hertzianas se encargaron de conducirme al concepto de la meditación: La meditación según mi maestro espiritual de yoga, es un proceso místico. Aunque en los tiempos modernos la meditación es usada a veces como un recurso para reducir la ansiedad y la presión arterial y así mantener una buena salud; aun así, es un proceso místico. Lo que pasa en la meditación está más allá de la comprensión de los cinco sentidos. Los beneficios colaterales pueden ser que la presión arterial se reduzca, que el dolor desaparezca y la ansiedad disminuya, pero estos son solo efectos colaterales. Lo que verdaderamente sucede es como si adquirieras una joya de oro puro con miles de diamantes. Te trae una profunda tranquilidad.

Una vez que experimentas el regalo de la meditación no lo querrás cambiar por nada. De hecho, se convierte en tu brújula, tu norma de medida. Sabes perfectamente a donde ir para encontrar tranquilidad profunda. Ahí está Dios, el amor supremo, el conocimiento más alto.

Me levanté de la cobija, prendí la luz, vi rápidamente mi rostro en el espejo porque no quería perder el hilo de las vibraciones de todos mis lóbulos cerebrales. De nuevo apagué la luz y me volví a sentar en la cobija colocada a un lado de la tina de baño.

Qué bello concepto de la meditación. También mi maestro dice que Dios, la luz divina, está siempre en tu corazón, y que se puede contactar cuando tú quieras a través de este proceso.

Ya más tranquilo decidí bañarme en la tina. Me encueré, abrí las llaves del agua, esperé a que se llenara a la mitad y me sumergí en el líquido calientito. Cerré los ojos y soñé a que soñaba en un sueño eterno.

Me levanté de la tina, me sequé con una toalla choncha y al abrir la puerta del baño, mi rostro reflejado en el espejo todavía nebuloso, 'sfumatto' como la 'Mona Lisa' de Da Vinci. Con papel higiénico limpié el vapor del cristal y me di cuenta de que estaba mal rasurado, parecía como si me hubiera rasurado solo la mitad izquierda de la cara. Rápidamente, preparé la espuma de jabón y la apliqué en mi cara completa. Jalé la piel un poco con mi dedo pulgar y empecé a rasurarme con el rastrillo. Nunca he podido usar las rasuradoras eléctricas. Subí el mentón y le pasé el rastrillo de lado a lado, terminando con la mejilla derecha. Apunté el rastrillo hacia mi cara como si fuera una pistola, después me lavé la cara con agua fría, me puse algo de loción de Chanel para después de afeitar, muy *ad hoc* con París, y revisé mi cara cuidadosamente en el espejo: me jalé el labio superior. Rectifiqué mi reflexión en el cristal del espejo: un hombre con pelo plateado, pelos en la barba más bien grises y unos ojos cansados. Un hombre viejo, un hombre solo y rasurado. Apagué la luz.

No resistí la tentación y volví a encender la luz. De una vez voy a realizar el análisis de rostro que siempre he querido hacer y que por alguna razón desconocida lo he pospuesto los últimos días: de la manera que lo hace un cirujano estético. Divido mi rostro en tres tercios: superior, medio e inferior. Lo que veo en el tercio superior no me molesta tanto, son arrugas horizontales que no están tan marcadas. Ahora vayamos al tercio medio, pero que estoy haciendo, perdiendo el tiempo en París con estas mamadas.

Me regresé a la silla azul y como tenía rueditas me empecé a mover por todo el cuarto del hotel. En el movimiento analicé lo que realmente quería hacer en ese instante. Por un lado, me encontraba en París, una de mis ciudades favoritas y, por otro lado, y siendo sincero me sentía incómodo, ya me quería regresar a Nueva York. Que dilema tan grande. Haber viajado tantas horas para visitar París. Completamente confundido hice mi maleta y pedí un taxi.

—Monsieur, lléveme por favor a un hotel desde donde pueda ver la torre Eiffel.

—Bien sur, el hotel "Mercure" ¿c'ést bien?
—Si puedo ver la torre Eiffel desde ahí, c'est bien.

Ya instalado en el hotel, caminé por la avenida Pierre Loti que me llevó directamente a la torre Eiffel. Lo primero que hice fue tocar una de sus cuatro columnas de fierro. Esta es una tradición que tengo. Cuando visito lugares icónicos, necesito tocar los monumentos con mis propias manos. Entiendo que decir con mis "propias manos" es un pleonasmo, pero lo enfatizo porque para mí es importantísimo sentir la vibración energética de esas estructuras que guardan un valor y una energía incalculable.

Después me dirigí al mero centro del rectángulo de la torre Eiffel, me senté en el piso en la posición de loto y me dispuse a meditar.

Cerré los ojos, tomé tres respiraciones profundas, dejé que la respiración se regularizara y entré en profunda meditación. Al terminar me regresé al hotel, agarré la única maleta que traía (me gusta ser práctico cuando viajo) y llamé un taxi.

Lléveme al aeropuerto Charles de Gaulle, ¡*sí'l vous plait!*

Capítulo Seis

Tratando de encontrar la respuesta al porqué la vida me ha llevado a la soledad, cavé profundamente dentro de mis recuerdos y busqué dentro de mi ser el origen de mi constante ansiedad, depresión y desacuerdo con la vida.

Me transporté hasta la época de mi adolescencia, a los tiempos en que inicié mis estudios en la escuela secundaria. Durante el primer año tomé materias como Matemáticas, Italiano, Biología, Geografía y mi favorita: Historia Universal, en la cual tenía una sed insaciable por aprender sobre el mundo mágico de los romanos y los griegos.

Rafaello, mi maestro de Historia, fue el primero que nos habló de la fantástica mitología griega. Nos explicó de una de las historias más interesantes que jamás había escuchado: el mito de Narciso.

Narciso fue un cazador de Thespiae, en Boeotia, quién era reconocido por su belleza. Narciso se sentía muy orgulloso de su espectacular belleza física y por eso desdeñaba a todas las mujeres que se enamoraban de él.

Némesis, su mejor amiga, notó ese comportamiento y llevó a Narciso a una laguna cuando él tenía dieciséis años. En el momento en que Narciso vio su propio reflejo en el agua, se enamoró inmediatamente de lo que veía, sin darse cuenta de que solo era una imagen, la imagen de él mismo. Incapaz de soltar la belleza de su reflejo, Narciso perdió su deseo de vivir y siguió contemplando su imagen hasta que murió.

En la secundaria celebrábamos el día del estudiante con un gran baile que era organizado por los maestros del plantel. Por tradición en ese baile, coronábamos a la que se suponía era la estudiante más bella, como la reina de los estudiantes. Ese año se escogieron a tres chicas y después de las debidas votaciones, Kristina fue la ganadora. La tradición era que la reina tenía que escoger un acompañante y Kristina me pidió ser el rey.

Dudé mucho, porque ella no me gustaba, no era mi tipo. Un poco gorda para mi gusto y su cara no era precisamente bonita. De cualquier manera, pensé en hacerle el favor y acepté.

El momento de la ceremonia de coronación llegó. Kristina y yo caminábamos entre los estudiantes en el salón de baile, al mismo tiempo que las notas musicales de la marcha "Aída" se dispersaban en el aire. Ella, saludando con su mano derecha como una reina, yo, sonriendo a la multitud; ella, con un vestido de noche brilloso y barato, yo, con el saco azul que me prestó mi hermano mayor que cubría una camisa verde esmeralda como mis ojos.

Pero algo sucedió que jamás hubiera imaginado, las nenas alrededor nuestro gritaban: ¡Viva el Rey! ¡Bravo por el Rey! ¡Que viva Gatto! ¡Que viva Gatto, bellísimo, guapísimo!

Nadie le prestaba atención a Kristina, cuando supuestamente era ella la reina de todos los estudiantes. Sentí una energía correr a través de mi cuerpo como una inyección mágica de poder diciéndome que yo era el mejor, el único, el número uno. Mi ego inflado a su máxima capacidad. Hasta creía que estaba soñando, pero no, era real. Descubrí un mundo que nunca había imaginado, un mundo totalmente nuevo: mi poder absoluto sobre el universo femenino.

Desde ese día hubo un cambio en mi manera de manejar las relaciones humanas entre un hombre y una mujer. Empecé a usar a las mujeres como mejor se me antojaba. 'Usar' es la palabra exacta para describir lo que yo hacía con las mujeres, para manipular cada unidad del género femenino que aparecía en mi vida. Lógicamente, todo este comportamiento basado en mi potencial físico: guapo, atractivo y carismático.

Cuando iba a las fiestas o a las discotecas nunca me sentaba. El propósito al estar parado era mantenerme visible para que todo el mundo admirara mi belleza. Tan pronto como llegaba a la disco, los meseros que, por supuesto ya me conocían, empezaban a desfilar:

—Gatto, aquella muchacha te envía esta bebida.

—¿Quién?

—La que está allá, con el vestido amarillo.

—No, no me gusta. Era la hija de mi vecino, muy fea para mi gusto.

Cinco minutos más tarde otro mesero se acercó.

—Gatto, esta bebida es para ti, Antonella te la manda y te invita a que te sientes en su mesa.

Así me la pasaba toda la noche, recibiendo múltiples invitaciones, y yo parado sin bailar ni hablar con nadie, solo, parloteando mentalmente a través de mis neuronas cerebrales. Pensando y remarcándome: "Yo soy el Rey, el número uno, el mejor, el único. Ni siquiera en sueños, ninguna mujer me merece".

Cuando estaba concentrado en mis pensamientos, otro mesero más me preguntó:

—Gatto, la muchacha del pelo cortito, quiere ofrecerte una bebida y que te sientes en su mesa.

—¿La conoces? ¿De qué familia es?

—Ellos se cambiaron al pueblo hace como un mes. Creo que antes vivían en el sur del país.

—Dile que le acepto la bebida y que en diez minutos voy a sentarme con ella.

Así permanecía parado toda la noche sin ir a la pista de baile y callado, únicamente hablando conmigo mismo. Los neurotransmisores en mi sistema nervioso estaban circulando a todo lo que daba y como resultado estas eras las palabras que emitían; "Soy el Rey, soy el número uno, soy el mejor".

Finalmente, dejaba la fiesta con mi ego inflamado, sintiendo en cada célula de mi cuerpo que era un triunfador. Caminando de regreso a mi casa por la calle Júpiter, el sonido de las campanas de la iglesia de mi pueblo natal emergía, tan-tan-tan-tan-tan-tan-tan. ¡Tan! Creo que la translación en notas musicales es: sol-si-sol-si, sol-la-si-do, ¡Re! La última nota indicaba que era exactamente la una de la mañana.

Silencio sepulcral. Caminaba en la mitad de la pequeña calle adoquinada, orgulloso de haber rechazado a más de ocho muchachas. La noche cálida, el cielo platinado, decorado con estrellas doradas, sin entender como algunas mujeres pretendían conquistarme con enviarme unas bebidas. Lo que quería decir es como ellas no se daban cuenta de que no éramos iguales, que no pertenecíamos al mismo nivel. No tenían la más mínima idea de cómo conquistar a un hombre inteligente y guapo como yo.

En el silencio nocturno solo se escuchaban mis pasos producidos por mis botas vaqueras que combinaban perfectamente con mis pantalones de mezclilla y mi camisa cuadrada.

Dos cuadras más adelante llegué a la plaza también cuadrada y en el centro una fuente rectangular. Dieciséis bancas de hierro alrededor en grupos de cuatro por cada lado. Jardines triangulares conteniendo rosas rojas fosforescentes y la plaza completa enmarcada con árboles que se conocían con el nombre de tabachines. Decidí sentarme en mi banca favorita, ubicada en la esquina de las calles de Júpiter y Marte. Una banca especial para mí, porque en el pasado había compartido conmigo momentos especiales de mi vida, buenos y malos, aunque la mayoría diría yo, más malos que buenos. Mis neuronas enviando la señal a mi mano derecha para que se deslizara hacia uno de los bolsillos posteriores de mis pantalones de donde saqué un espejito redondo con marco café para checar mi cara: las pupilas de mis ojos dilatadas, expresando dudas de querer vivir. Ideas incompresibles cuestionando el propósito del ser en este planeta.

Murmurando a la cara que veo dentro del espejo, "¿Qué me pasa? No sé qué es lo que quiero. La vida no es lo que yo esperaba. Algunos días el tiempo es tan lento, tan obscuro, tan infinito. Estoy cansado de mi pueblo, no hay nada que hacer aquí. Me gustaría saber tocar el piano, aprender a hablar otros idiomas, tener por lo menos una pequeña bicicleta, viajar a grandes ciudades como Nueva York y Estambul. Odio la familia que tengo". Las primeras gotas de líquido salino que emanaban de los ojos verdes esmeralda, aparecieron en el espejo.

Eso era solo el principio. Durante el trascurso de la noche excreté torrentes de lágrimas. Cerré mis ojos entrando en el vacío de mi mente, tratando de no pensar, tratando de olvidarme del tiempo y del espacio. Quietud. Silencio. De repente: Tan-tan-tan-tan, tan-tan-tan-tan. Tan-tan-tan-tan. Eran las cuatro de la mañana. Me levanté, caminé otra cuadra para llegar a casa completamente confundido. Me fui directo al cuarto en el que había un espejo.

Encarando el espejo analicé mi comportamiento. Millones de preguntas y cero respuestas. La energía en la vibración más baja, tristeza esparcida por todos lados, mis ojos cambiando de color que anunciaban la incertidumbre de la vida. Sentimientos en oposición: por un lado, era el rey del universo y por el otro lado una sensación más profunda que me decía que estaba solo en el espacio sideral.

Sabía que algo no trabajaba correctamente en mi vida. Por más que había investigado no podía entender por qué en el mundo de las fiestas y discotecas me sentía como un rey, pero aquí en este cuarto, solo, una tristeza profunda que no alcanzaba a comprender me envolvía. ¿Por qué? No tenía la respuesta. No podía explicármelo.

Capítulo Siete

La vida es una rutina y la rutina a mí me aburre. Hacer lo mismo diario y repetitivamente no le hace ningún sentido a mi existencia. ¿Cuál es el propósito de estar en este planeta para hacer las mismas cosas una y otra vez? No lo entiendo. Día-noche-día; casa-trabajo-casa; desayuno-comida-cena. Vivir en la misma casa por años. Ver a la misma gente, caminar las cuadras de tu vecindario y siempre los mismos negocios. Escribir en la misma computadora, hablar por el mismo teléfono. ¿Qué puta vida es esta? Hasta para escribir un libro hay que hacer exactamente lo mismo. Qué pinche aburrimiento. Se me ocurre que por qué no se puede escribir un libro solo hablando, sin tener que usar las manos. Los grandes escritores sugieren que el escritor serio tiene que hacerlo con disciplina, no importa qué. Debe establecer un horario y respetarlo.

Totalmente en desacuerdo, a mí me gusta escribir cuando tengo ganas y de lo que se me pegue la gana, no necesariamente del mismo tema. Eso, desde mi punto de vista le da sabor a la vida.

Porque me pongo a elucubrar, ¿qué sentido tiene venir a este plano a joderse? Si me hubieran explicado de cómo es vivir y si antes de nacer me hubieran preguntado si me gustaría experimentar lo que llaman vida, mi respuesta hubiera sido un no rotundo. Cuando pienso en escribir, pienso en englobar mis locuras donde comparta las experiencias que desde mi punto de vista son interesantes. Tal vez para muchos sin lógica ni continuidad. Así de loco como estoy, algo que no falla en mí es la honestidad. Yo, como dice el tao, simplemente fluyo. Bueno, no siempre, más bien fluyo cuando puedo, porque la mayor parte del tiempo me la paso deprimido y ansioso, sin encontrar sentido al vivir, cuestionando el propósito de mi existencia.

Capítulo Ocho

Otro día más en la eternidad y amanecí muy inquieto. Para variar no sabía que es lo que quería. Agarré el teléfono y reservé un viaje a Dubái tan rápido como fuera posible.

Llegué al aeropuerto internacional de Dubái, DXB, el miércoles por la mañana. Me encontré con un súper centro comercial gigantesco libre de impuestos y tres terminales aéreas. Dubái hasta donde yo tengo entendido es un lugar mezclado con rusos mafiosos, saudí-árabes millonarios, islamistas radicales, israelitas y hombres de negocios de todo el planeta buscando sexo o lavar dinero o evadir impuestos. Está ubicado en el Golfo Pérsico. Tiene playas de alta calidad y un clima envidiable el año entero.

Pasé a emigración donde todos los empleados son jóvenes saudís con bata blanca y gorro rojo, gordos como ballenas y letárgicos. Estampan los pasaportes de manera desinteresada y con mucha hueva.

Esperando ser atendido en emigración me sentí un poco aturdido. Tengo entendido que la mayoría de los trabajadores de esta ciudad vienen de Pakistán, India, Tailandia y las Filipinas, entre otros lugares de Asia Central. Los originarios de este país parece que no se encuentran fácilmente en las calles, ya que se esconden en sus torres con aire acondicionado, dejando el trabajo sucio a los otros.

Un hombre-niño *chubby*, en bata blanca estampó mi pasaporte sin preguntarme nada. Para salir del aeropuerto bajé en una escalera eléctrica y pasé un anuncio desplegado en colores azules brillantes: "Ven a nadar con los delfines en Atlantis: La Palma".

Tomé un taxi y la ciudad se fue revelando como un conjunto de rascacielos futurísticos que me recordaban un poco a mi querido *Manhattan*. Me estaba poniendo tenso. El edificio más alto del mundo en ese tiempo, el *Burj al Arab*. A medida que el taxi avanzaba, se descubrían rascacielos y más rascacielos y miles de grúas entre ellos. Alguna vez se dijo que era la ciudad que más grúas tenía en el mundo, aproximadamente treinta mil. Desafortunadamente, no calcularon bien y había exceso de edificios en construcción y también grúas que no se usaban.

Me llegó un olor como marino, nos acercábamos al mar, la marea baja, basura por todos lados y yates lujosos que corrían de aquí para allá.

Atlantis: "La Palma", se convertiría en el punto focal de mi viaje. Pocas piezas de excesiva arquitectura podían representar a la ciudad de Dubái mejor que "La Palma". Fue construida sobre una isla, por la mano del hombre en forma de un árbol de palmera, visible desde el espacio, construida a la altura del concepto estrafalario de la ciudad. Se gastaron veinte millones de dólares en la gran fiesta de apertura.

Desde afuera, la isla de la palma, se veía completamente desierta. Los condominios del color de la arena lucían abandonados, solo la toalla de playa ocasional colgaba de un balcón.

Dubái presumía el centro comercial más grande del mundo: llamado el Mall de los Emiratos con boutiques para terroristas y tiranos, así también como para hombres de negocios.

La Palma aparecía en un contraste extremo con el vacío del resto de la isla. Entré a través del gran arco sintiéndome como si entrara a un palacio real, todo parecía como si en ese momento se estuvieran llevando a cabo diferentes grandes convenciones. También había familias provenientes de Europa y de los países vecinos del Oriente. Una bienvenida exuberante me fue dada por el personal de la recepción. No pudo faltar la pregunta, "¿viene usted solo?".

Me dieron un mapa de todos los lugares y actividades del hotel: un parque acuático de diversiones, la piscina de los delfines, siete restaurantes y un acuario espectacular en el lobby. Me tocó una suite en el piso diecisiete, que tenía un balcón, un baño circular grandísimo, un *chaise* lounge en la habitación y otro cuarto separado con artículos para cocinar. En ese lujo extraordinario me pasé tres días haciendo lo que casi nunca hago: bebiendo como loco. Tratando de encontrar la respuesta a mis conflictos existenciales.

DR. FILIPINI

En la madrugada del tercer día, llamé al servicio para cuartos. Ordené un jugo de naranja, un paquete de cigarros -un poco extraño porque detestaba fumar- cereal, un plátano, dos piezas de pan tostado y café capuchino con mucho hielo. Apagué las luces y prendí la televisión. Tres horas más tarde me encontraba en el aeropuerto DBX. Chequé la pantalla de las salidas internacionales. El monitor enlistaba nombres de ciudades con las cuales no estaba familiarizado: *Mashhad, Dhaka, Shiraz.* Encontré el vuelo a Nueva York, a las once treinta de la mañana. El aeropuerto estaba lleno de viajeros de múltiples nacionalidades.

Me senté en la sala de espera tratando de evadir el momento de cuestionarme si en este viaje había encontrado la solución o parte de la solución a mi conflicto.

¿Qué rescatas de este viaje en tu búsqueda? Me pregunté a mí mismo.

Nada. La soledad es la misma.

Capítulo Nueve

He estado tomando psicoterapia por algún tiempo y mis citas generalmente son a las tres y media de la tarde. Las sesiones pueden ser en persona, en el consultorio del psicólogo o por teléfono. A mí me gusta mucho más en persona. Considero que las sesiones de terapia por teléfono pierden humanismo, se tornan frías, no tienen el calor ni la energía de la radiación de las vibraciones humanas, además por teléfono los terapeutas no se concentran del todo, aunque no los esté viendo estoy seguro de que en el momento de la terapia están haciendo otras cosas, papando moscas, rascándose los huevos, leyendo o qué sé yo.

Algunas veces preparo mi sesión de terapia antes: pienso y analizo lo que quiero decir. Incluso en ciertas ocasiones escribo al azar en diversos pedazos de papel que me encuentro tirados en la calle, las ideas de lo que quiero comunicar en la sesión. Otras veces prefiero ser espontáneo y disparar mis pensamientos que vienen directo de mi corteza cerebral en el momento preciso.

Cuando tomé mi primera sesión, después de las necesarias explicaciones de cómo íbamos a trabajar, obviamente la primera pregunta que el psicólogo me hizo fue:

—¿Señor... por qué usted...?

—Puede llamarme Gatto. No necesito tanta formalidad.

—Está bien Gatto. ¿Por qué quieres tomar psicoterapia? ¿Cuál es la razón por la que estás aquí? —el doctor me preguntó intrigado.

—Doctor, la vida me parece aburrida, vacía, llena de maldito sufrimiento. Quiero saber por qué y para qué vivo. Es como si no encontrara mi lugar en el universo.

—Por favor dime en cuatro palabras porqué estás aquí.

—Quiero encontrar mi lugar —contesté con mucha honestidad.
—¿Tienes ideas relacionadas con la muerte?
—Todos los días y a todas horas.

Desde entonces he venido tomando de manera constante las sesiones de psicoterapia que hasta el momento no me han servido de nada. Sigo con mis conflictos existenciales y a veces el psicoterapeuta lo único que hace es encabronarme y confundirme más.

Hoy martes, a las tres y media de la tarde sonó el teléfono, pero no lo contesté, sabiendo que el psicólogo me estaba llamando para otra sesión terapéutica de cuarenta y cinco minutos. Hasta el día de hoy llevo como dos años en tratamiento y la semana pasada tuve una mala experiencia cuando fui a su consultorio por lo que me propuso que la siguiente sesión, la de hoy, la hiciéramos por teléfono.

El problema que hubo la semana pasada fue, que como yo soy estrictamente puntual, a las tres y media que era la hora exacta de mi consulta, yo ya me encontraba en la sala de espera del consultorio. Pasaron cinco minutos y yo ansioso, sin que nadie me explicara el porqué de la demora del doctor. Diez minutos más tarde, por fin apareció el terapeuta.

—Lo siento —me dijo.

«Que puta madre lo siento», pensé. Estaba furioso, caminamos hacia el consultorio y el doctor me abrió la puerta.

El consultorio del doctor luce pequeño, de forma rectangular, alrededor de cinco por cuatro metros y tiene una energía muy especial que me invita a relajarme y me agrada, pero en esa ocasión me sentía totalmente desconcertado. Me senté al frente del escritorio metálico con su respectiva computadora vieja. En la pared de la izquierda cuelga un diploma que sugiere que mi psicólogo estudió en una universidad barata y en las otras paredes cuelgan varios cuadros de animales, plantas, flores y cuarzos. Comulgo con el concepto de naturaleza de los cuadros.

Él estaba sentado en una silla de madera con las piernas cruzadas por abajo del escritorio. Su muñeca derecha sobre la mejilla y la punta de su dedo índice descansando en el tercio externo de la frente. Me sentía ansioso mirando el reloj en la pared opuesta y quería hablar el máximo de palabras en el menor tiempo posible.

—Buenas tardes Gatto. Antes de que se me olvide me gustaría corroborar unos datos si no te importa.

—Adelante doctor.

—¿En qué trabajas?

—Estoy jubilado. Trabajé como empleado de una librería por cuarenta años.

—¿Me puedes recordar de dónde eres y cuántos años llevas viviendo en Nueva York?

—Nací en Italia. Mi madre era italiana y mi padre un emigrante de origen mexicano. Llevo quince años viviendo en Nueva York.

—¿A qué se dedicaban tus padres?

—Mi madre era un ama de casa, un ama de casa chingona, pero fría, diría yo. Mi padre era cantante de ópera y un bohemio de corazón bueno para nada.

— ¿Cuántos idiomas hablas?

—Italiano perfecto. Español, estilo mexicano. Inglés yo diría con acento Latino mixto. Mejor dicho, mi Inglés es exactamente como me escucha usted y el mundo.

—Impresionante, es como si la vida te dijera que tu campo es la comunicación.

—Si doctor, entiendo, pero primero quiero arreglar mi conflicto existencial.

—De acuerdo. ¿Cómo te sientes hoy?

—Nervioso, enojado, ansioso. No entiendo por qué tengo que luchar para sentirme bien. Se supone que lo normal es sentirse relajado, tranquilo, disfrutar la vida. He perdido la alegría y el contentamiento que antes tenía o que se supone que un ser humano regular goza.

—Por favor tómate tu tiempo —el psicólogo dijo.

—¿Perdón?

—Tengo suficiente tiempo para escucharte. —El doctor trataba de calmarme.

—Pero si empezamos diez pinches minutos más tarde. De verdad doctor, me siento ansioso.

—¿Tienes una idea de porqué o de dónde puede provenir esta ansiedad?

—Discúlpeme doctor, pero me siento nervioso. Lo que más me preocupa es que no veo gran progreso en la psicoterapia.

Dr. W reflexionó, me miró y después de una breve pausa replicó.

—Lo siento de veras por tu insatisfacción. Me gustaría escuchar más sobre ese no progreso que comentas.

—Mi condición —continué—, o el estado natural de ansiedad y esa soledad que siento, sigue aumentando. Hasta este momento no hemos dado con el origen, por lo que mi situación permanece incambiable. No puedo dormir bien, sobrerreacciono a cualquier detalle por insignificante que sea, soy más agresivo e intolerante que antes. Usted me disculpa por dudar de la eficacia de su tratamiento —contesté claramente deprimido y muy irritado—. Quizá es tiempo de intentar terapia con otro doctor que tenga una nueva técnica.

—¿Puedes darme ejemplos de situaciones en las que hayas sobre reaccionado?

Tomé algunos segundos para pensar.

—La semana pasada cuando fui al supermercado esperando en la fila para pagar... Okay, cuando estaba en frente de la cajera, una mujer tan desagradable... No sé por qué para mí es tan difícil recordar ese momento ahora.

Dr. W me miró profundamente y después de una breve pausa:

—Me da mucha pena que no estés contento. Creo que la clave no está en tomar otra técnica de psicoterapia con un nuevo psicólogo.

—¿Por qué no?, uno de mis amigos está tomando un método muy moderno. Él dice que es una nueva técnica propuesta por un psicólogo suizo y que se está sintiendo mucho mejor. Tal vez si yo intentara algo nuevo y refrescante que me ayudara a salir adelante.

—Insisto, yo no creo que otro tipo de psicoterapia te va a ayudar. —Una actitud preocupante en la cara del doctor—. Cada paciente es diferente, estoy seguro de que este es el tratamiento más apropiado para tu condición.

—¿A qué condición se refiere? —Levanté mis brazos y los dejé caer sobre mis piernas—. Ya le dije que no considero una acción anormal el hecho de que yo piense en formar una escuela en donde se entrenen mujeres de la vida galante para que sean las mejores prostitutas del mundo. ¿Por qué insiste usted que este hecho es parte de la causa de mi ansiedad y depresión? Ya estoy harto de que me hable de tantas pendejadas.

—Gatto, por favor, entonces quizá lo mejor sería que trataras de escuchar. La psicoterapia es un método donde el paciente externa sus pensamientos pero también escucha. Con mi técnica la mayor parte del tiempo se escucha al paciente, sin embargo, algunas veces el paciente tiene que escucharme. También he estado pensando acerca de tus sueños. Tu sueño de la prostituta siendo coronada como Miss Universo y también sobre el sueño de tus viajes donde pierdes los zapatos y no los vuelves a encontrar, o encuentras solo uno.

—¿Qué tienen de especial esos sueños, si son simplemente eso, sueños? —El doctorcito me estaba colmando la paciencia.

—Los sueños están diseñados por procesos en la mente que obedecen a ciertas leyes o principios. Es posible interpretar esos sueños si uno aplica esos principios. Los sueños son el camino al inconsciente.

—¿El inconsciente? —repetí dudoso.

—Sí, el inconsciente es una parte amplia de la mente, inaccesible, donde pueden encontrarse las respuestas de la mayoría de las preguntas sobre las experiencias humanas. —El doctor juntó sus manos ligeramente—. Tú me has platicado que tienes alucinaciones de mujeres que son atacadas por animales o que sueñas con una fila enorme de señoritas tratando de entrar a un edificio gigantesco. En mi opinión las causas de tus alucinaciones es un set de recuerdos enterrados en tu inconsciente. Tus sueños me indican con cuál de tus recuerdos se relacionan.

Quise hablar para objetar, pero antes de la objeción el doctor agregó:

—Déjame explicarte. —Se inclinó de su silla—. El lenguaje de los sueños es simbólico, sin embargo, los símbolos como aparecen en los sueños usualmente procesan características en común con el objeto que se supone representan y así es como un sueño puede aclararse. ¿Qué te parece si analizamos el contenido de uno de tus sueños?, el que tú quieras escoger.

—No estoy seguro a dónde quiere llegar, doctor.

—¿Te acuerdas del ambiente o de algún detalle alrededor de donde las mujeres hacían fila para llegar a ese enorme edificio? Preguntó el doctor muy interesado.

—Ellas hacían una fila muy larga en constante movimiento para llegar a una especie de auditorio.

—Entonces, contéstame Gatto, la principal imagen de la historia es...

—Mujeres.

—Correcto. —Me quedé perplejo.

—¿Significa algo para usted?

—Sí, está muy claro para mí —dijo el doctor.

—Explíqueme por favor. ¿Cuál cree que es el significado de las mujeres moviéndose a través de la gran fila?

—Piensa en un objeto cuyos rasgos son compartidos con otras cosas.

Hice algunos movimientos en mi silla y murmuré:

—Una fila larga de mujeres que quieren entrar a un auditorio...

—Excelente, recuerda también que describiste todas esas mujeres vestidas de rojo sexy, excepto una que llevaba un vestido azul cielo.

—¿Usted piensa que eso es importante?

—Claro que sí. Ahora bien Gatto, pon atención. ¿Qué significa para ti algo largo con movimiento y que se quiere agrandar? —Abrí mis ojos como si se fueran a desorbitar.

—¿Doctor, estoy entendiendo correctamente, usted me está tratando de decir...?

—Sí —contestó el doctor, con una sonrisa que mostraba los dientes que parecían granos de elote y la boca abierta como un embudo.

—¿Usted está afirmando que la línea larga en mis sueños representa el órgano genital masculino y el auditorio es la vagina?

—De hecho, estás en lo correcto. Tu sueño fundamentalmente es un sueño sexual. Se trata de tu obsesión sexual prohibida y reprimida que quiere ser hecha realidad.

—¿Qué puta madre está diciendo? Usted me está insultando, lo que me quiere decir es...

—Lo siento Gatto, se nos acabó el tiempo. —El doctor me interrumpió.

—Vaya y chingue a su madre, psicólogo de mierda.

Me levanté y salí del consultorio. A lo lejos se oía la voz del doctor:

—Gatto, por favor, si quieres la próxima semana hacemos la sesión por teléfono y así será más fácil para ti comunicar tus ideas.

Hoy martes, ya habían pasado quince minutos desde que el teléfono sonó por primera vez. Cuando el reloj marcaba las tres cuarenta y cinco de la tarde, el teléfono volvió a repiquetear. Por supuesto, no lo contesté.

Capítulo Diez

Uno de los objetivos en la meditación es vivir en el presente, el aquí y ahora. Se dice que a la mayoría de los humanos se nos va la vida llena de pensamientos en el pasado o en el futuro y al final de cuentas nos olvidamos de vivir realmente en el momento. Incluso hay una frase que me encanta, que dice así: la vida es eso que sucede mientras tú estás pensando otras cosas. He notado que hasta para escribir me identifico más con el tiempo presente (gramaticalmente hablando) que, aunque cuando me siento solo y deprimido es en tiempo presente, el tiempo presente lo siento más vivo, con más acción, más energético, como si estuviera sucediendo ahora mismo y creo que dramáticamente es más poderoso e incluso me atrevería a decir que hasta con estilacho cinemático. Pero esta vez y a propósito voy a redactar en tiempo pasado.

El día de ayer lo tenía planeado para ir a la playa. Todos los factores indicaban que era un día ideal en el mar, especialmente en el aspecto climático. Efectivamente, la mañana estuvo soleada y templada.

Después de tomar una ducha preparé mis cosas para la playa y ya estando listo me di cuenta de que no tenía como esa energía de mar y arena. Ya con mi mochila al hombro, me senté en la cama, escudriñé mi masa cerebral y llegué a la conclusión de vivir un día neutral. El plan era que hiciera lo que hiciera no me iba a estresar: cero ansiedad y depresión. Mi objetivo era fluir libre cada momento.

Decidí ir a la biblioteca y mantenerme neutral. A las diez treinta de la mañana en mi lugar en Manhattan, tomé el autobús desde la calle treinta y ocho hasta la cuarenta y dos. Transbordé a otro camión que corre sobre la cuarenta y dos y me bajé en la quinta avenida.

Dentro de la guagua le sonreía a todo mundo, trataba de ayudar a los turistas que tenían preguntas sobre Nueva York, realmente me sentía neutral, en paz. Por fin llegué a la biblioteca y cuál fue mi sorpresa que estaba completamente renovada, muy bella. Cada vez que me preguntaba "Gatto, ¿cómo te sientes?" me contestaba, "maravilloso, neutral, conectado al vacío cósmico". Si tan solo siempre pudiera estar en este estado emocional y mental, otro gallo cantaría. Qué tal si ya estoy encontrando ese lugar que anhelo tanto, ese lugar que me permita vivir armónicamente y siendo uno con todos.

Todo iba bien hasta las cuatro en punto de la tarde, la peor hora del día para mí. A esa hora generalmente me siento cansado, frustrado, sin ganas de hacer nada. Siempre tuve grandes expectativas en la vida, ahora pienso que mis expectativas tal vez no son realistas. Lo que soy y lo que tengo no es lo que la vida me prometió. El futuro y la incertidumbre que envuelve el vivir, definitivamente me da miedo. Los cielos se tornaron grises y deprimentes después de las cuatro. Me salí de la biblioteca.

Cuando llegué a la Gatto-Guarida pensé en escuchar el radio: no, no tenía ganas de escuchar ni noticias ni música... o quizás podría leer sobre filosofía que tanto me gusta... o tal vez sobre la espiritualidad. El problema era de no caer en lo mismo, no deseaba volver a ese mal hábito que tengo: el espejo.

No pude más y tomé el espejo pequeño, redondo, y lo coloqué al nivel de mi cara: observé el reflejo de mi cuello y cara... "Me estoy poniendo tan viejo que ni me reconozco. Si tuviera que tomar una decisión entre viejo y joven, no me aceptaría ni viejo ni feo. Mira nada más esas bolsas debajo de los ojos que tanto me avejentan y las arrugas tan marcadas a los lados. Mis cachetes se están cayendo, ya no se mantienen firmes. Obviamente, mi nariz se está agrandando y mi boca con una semisonrisa como la de una momia. Oh Dios mío, el cabello. Yo tenía abundante cabello".

Mi realidad actual era así, pero no la aceptaba o por lo menos no en ese momento. Quité el espejo de mi cara y busqué un lugar donde no pudiera encontrarlo otra vez. Lo llevé a un pequeño closet en el baño. Según yo, en ese lugar lo escondí para ya no usarlo jamás. ¿Lo lograría?

Ya sin el espejo, continué con la misma chingadera, piense y piense: Siempre he estado de acuerdo entre la diferencia del 'yo soy' y el 'ego'. Si yo creo que yo soy el que pienso, automáticamente acepto que soy mente y cuerpo y eso es 'ego' que a su vez me lleva a crear karma y a enfocarme en la dualidad de la vida como salud y enfermedad, blanco y negro, malo y bueno, rico y pobre, por lo que todos esos términos me afectarán mientras crea en ellos.

Sin embargo, al final yo no soy ni mi cuerpo ni mi mente. Yo soy lo que yo soy. Como mi Gurú pregona, "No soy eso y tampoco eso. Soy aquello". Por lo tanto, yo soy lo que soy. Que tremenda encrucijada, como un crucigrama. Lo mejor de todo sería parar de estar pensando.

Los pensamientos a veces son aburridos, depresivos y desde luego sin final, nunca terminan. Para mí son como un monólogo "*ad infinitum*" además sin siquiera estar seguro de que continúan después de la muerte. ¿O será que mis pensamientos es mi real yo y nunca los podré parar? Existo porque pienso y no puedo detenerme de pensar. Estoy asustado y asqueado de mi existencia, en este preciso instante siento que soy el único ser humano que jala esa cadena de pensamientos de la nada. El pensamiento crece y crece y la mente habla y habla. Por favor, ¡para de hablar! Otra vez no me sentía bien... necesitaba el espejo.

Capítulo Once

He practicado yoga por más de treinta años. Hay muchas técnicas de meditación y creo que la base fundamental de todas es la respiración.

Fui iniciado por un Guru de la India en la meditación tipo transcendental, que significa que cuando meditas, repites mentalmente un mantra (frase secreta y poderosa dada por tu Guru) cada vez que inhalas y cada vez que exhalas. Insisto, la repetición del mantra es mental. Generalmente, yo medito sentado en una silla cómoda. La gente que físicamente puede, lo hace en la posición de flor de loto, sobre un tapete o un cojín colocado en el suelo.

También llevo nadando muchos años. Cuando empecé a nadar, observaba de como no podía concentrarme en mi nado, ya que mi mente se perdía en los pensamientos. Un día me di cuenta de que tal vez podría combinar el yoga con la natación y repetir el mantra con cada movimiento de mis brazos; movimiento de mi brazo derecho, mantra, brazo izquierdo, mantra.

Me tomó tiempo reconocer cuál sería el mejor estilo de natación para incorporar la meditación y crear un concepto de lo que yo llamaría Natayogación o que también se podría llamar Nadomeditación.

Finalmente, el estilo de natación que escogí para meditar es cuando nado con la cara hacia arriba, el cuerpo estirado y mis brazos en movimientos laterales-circulares. Descubrí que el sonido que se produce entre el agua y mis brazos me relajan más y, por lo tanto, me permiten concentrarme más. Estos son de los pocos momentos de mi vida que disfruto plenamente. Como me gustaría nadar por toda la eternidad.

Me preparé para mis cuarenta y cinco minutos de natayogación aprovechando que la madre naturaleza me regalaba un sol espléndido. Me puse mi bata azul con líneas blancas. Mis lentes y gorro de natación junto con mis sandalias brasileñas las acomodé en una bolsa verde. Me colgué las llaves en el cuello, que están insertadas en un listón rojo. Lo de colgarse las llaves es porque ya las he perdido antes y así con el tintineo que producen al caminar siempre estoy consciente de ellas. Por cierto, ese tintineo me recuerda a las vacas que son consideradas sagradas en la India. Tomé el elevador en el piso veinticinco y me salí en el segundo piso donde está localizada la piscina. Estoy hablando de mi hogar en Manhattan a la que yo le llamo la Gatto-Guarida.

Durante los cuarenta y cinco minutos de nado que los tengo bien calculados y que sé que son como treinta vueltas dobles, me concentré en los diferentes grupos musculares de mi cuerpo, (que por cierto la filosofía Zen dice que no debemos referirnos a "mi cuerpo", sino a, "el cuerpo" porque yo no soy mi cuerpo ni mi mente). Comencé a repetir el mantra con cada brazada que daba, pero como en la tercera vuelta mis pensamientos me llevaron hasta el recuerdo de que alguna vez pensé decirle a mi madre, "Mamá, no me gustas como madre, estás despedida". No sabía realmente como explicarme esta historia, porque entiendo que es difícil para cualquier hijo, hablar negativamente de su madre, especialmente en mi caso, ya que yo siempre consideré que mi madre, que murió hace muchos años, fue, es y será mi ídolo.

Nací en una pequeña ciudad en el norte de Italia, cerca de Venecia y a tres horas de Milano. Fui el más pequeño de la familia: el octavo de ocho hermanos. Tuve cuatro hermanos y tres hermanas y provengo de lo que llamo una familia vieja. Cuando digo vieja es porque mi hermana mayor podría haber sido mi madre, ella tenía dieciocho años cuando yo nací.

Mi padre fue cantante de Ópera y mi madre un ama de casa, pero una extraordinaria ama de casa. Aparte del arduo trabajo que cualquier ama de casa realiza como limpiar el hogar, cocinar, lavar, planchar, etc., ella también tenía que lidiar con otras clases de trabajo en la búsqueda del elemento que más le importaba a ella: el dinero.

Trabajos como tejer, hacer ojales, forrar botones, que eran trabajos que proporcionaban muy poca plata y creo que esa era la principal razón por la que mi madre siempre, pero absolutamente siempre, estaba de malas. Mi infancia la recuerdo como un torrente de energía negativa que desbordaba nuestro hogar y que me hacía completamente infeliz. Por eso y por otras razones quería que mi mamá, no fuera mi mamá, porque al final de todo me hacía sentir culpable, pensando que yo como niño, era la causa de todas sus tristezas.

Para acabarla de joder mi padre era alcohólico, cuando se daba a la bebida duraba borracho por días y días y lógicamente no aportaba ni un clavo al mantenimiento de la casa.

Seguía nadando y tratando de repetir el mantra sin lograr concentrarme.

Mi madre me platicó que después de tener sus primeros dos hijos, cada vez que sabía que estaba embarazada, la depresión, la tristeza y el coraje la embargaba y odiaba tener otro hijo más. Su mayor preocupación era el dinero para mantener la familia.

Considero que mi madre en su tiempo fue una mujer con ideas futuristas, porque al haber planeado tener solo dos hijos, se consideraba anormal para la época en que ella vivió. En aquel tiempo en Italia, influenciada por la iglesia católica, se consideraba un pecado el uso de cualquier tipo de anticonceptivos, ya que estaba escrito en la biblia que una mujer tenía que tener los hijos que Dios le mandaba, luego entonces, la idea de mi madre de tener solo dos hijos era, a todas luces, irrelevante.

Estaba claro para mí, que, al ser el octavo y último de los hijos, mi mamá no deseaba que yo naciera. De hecho, hasta estaba seguro de que me odiaba. Chequé el tiempo de nado y me di cuenta de que habían pasado quince minutos, estaba completamente desconcentrado y me decía a mí mismo: Gatto, concéntrate, repite el mantra con cada brazada que des. Brazo derecho-mantra, brazo izquierdo-mantra. Concéntrate Gatto, concéntrate por favor.

Capítulo Doce

Llegué a mi cafetería preferida que se llama 'Aroma.' Pedí un café capuchino y un croissant. Me senté en una mesa con un hombre que vestía un uniforme viejo de policía americano de alto rango y al parecer ya estaba retirado. Era un hombre gordo, con espaldas anchas y pelo plateado. Tan viejo como yo y su mirada intimidante. No me gustaba su aspecto, detestaba su fealdad y vejez. ¿Sería que yo me estaba proyectando? Aunque yo no me estaba contemplando en un espejo, el vejete que veía en frente de mí, de manera creo yo, subliminal, era yo mismo.

También lo sentía prepotente en su actitud. Reflexioné sobre mis pensamientos y deduje que solo eran eso, pensamientos. ¿Cómo juzgaba a una persona que ni siquiera conocía tan solo por su aspecto físico? Otra cosa importante: al sujeto lo sentía solo, sí, completamente solo.

—¿A qué te dedicas? —me preguntó.

—Eso es cosa que no le importa. —contesté.

Me ganó mi inmadurez. Agarré mi café y me salí a la calle lluviosa. Enojado, estaba muy enojado. Tomé un taxi y le pedí que me llevara a *Coney Island*, a mi tercera casa, donde pensé que la cercanía del mar me ayudaría a poner mis hemisferios cerebrales en orden, a equilibrar el hemisferio derecho con el izquierdo. Entendía que las acciones ejecutadas a través de la intuición venían del hemisferio derecho.

Lo que yo llamo mi tercera casa en *Coney Island*, era solo un cuarto que rentaba y que contaba con una cama individual, una mesa con su correspondiente silla y el baño. Ya más relajado me obligué a cambiar mi estado emocional por un momento más agradable.

Recordé que siempre había sido un ferviente admirador del genio Leonardo da Vinci.

Siempre tuve la idea de escribir un libro y si se pudiera hasta crear una película de su vida. Desde luego no de su vida regular, sino más bien enfocándome en esa parte secreta y obscura que poca gente conoce de él y que es difícil de imaginar en la vida de un gran maestro de maestros: pintor, escultor, ingeniero, filósofo, arquitecto, pensador, anatomista, científico, estratega, etc.; en conclusión, un genio.

Empezando con su manera tan complicada de ver la vida, un hombre solitario - como yo- y con muchos conflictos existenciales como los míos. Al parecer se murió sin encontrar su lugar, sin respuesta a la pregunta de 'quién soy yo'. En esa parte me identifico con él, ¿será que soy un genio también? Je-je-je. El tema de la mente, era una pasión para Da Vinci. Sí, la mente fue uno de sus temas favoritos, como es mi caso, igualito que yo.

De acuerdo a algunos historiadores Leonardo tenía la tendencia hacia las artes obscuras. A pesar de vivir en un mundo netamente cristiano, se decía que detrás del genio visionario hubo un homosexual extravagante y adorador de la orden de la divina naturaleza, ambas cosas que lo ponían en estado perpetuo de pecado contra Dios. Se decía que él presidió "el priorato", una sociedad secreta que incluyó a algunos de los individuos más cultos de la historia: hombres como Botticelli, Sir Isaac Newton y Víctor Hugo. Leonardo presidió el priorato por nueve años como el Gran Maestro de la Hermandad.

Da Vinci también exhumó cuerpos para el estudio de la anatomía humana, además guardaba misteriosos diarios en donde escribía con letras ilegibles y en reversa, de derecha a izquierda como el árabe y el hebreo. Creía poseer el poder alquimista para transformar plomo en oro y aún engañar a Dios con un elixir para posponer la muerte. Sus invenciones incluían armas horrendas de guerra y tortura. El arte cristiano de Da Vinci solo aumentaba la hipocresía de su reputación espiritual, aceptando cientos de comisiones lucrativas del Vaticano. Pintaba temas cristianos no como una expresión sincera de sus propias creencias, sino por el dinero. El genio incorporó en muchas de sus pinturas cristianas simbolismo oculto que contenía cualquier cosa menos cristiandad, que eran tributos a sus propias creencias.

Sorpresivamente otros historiadores, al contrario, afirman que él nunca practicó artes obscuras, que él era un hombre espiritual excepcional aunque en constante conflicto con la iglesia. Nadie entendía mejor que Da Vinci la divina estructura del cuerpo humano. Él fue un adicto a la belleza y yo también. Leonardo exhumó cadáveres para medir las proporciones exactas de la estructura de los huesos humanos. Él fue el primero en demostrar que el cuerpo humano está construido literalmente como los ladrillos de un edificio.

Una de sus más famosas pinturas, La Mona Lisa, o La Gioconda como la llaman en Francia, que medía solamente treinta y una por veintiún pulgadas. En ella vemos una mujer con una sonrisa enigmática como si ella supiera algo, con su cara nebulosa (el estilo 'sfumato' de la pintura), en cuyas formas parece que se evaporan una dentro de la otra. Siempre ha habido dudas sobre quién fue la modelo de esa pintura y hasta se ha dicho que ella, la mona lisa, no era mujer, sino hombre. Lo que es peor, la gente dice que esa "ella" era Leonardo da Vinci en su faceta de homosexual, vestido de mujer.

Otros elementos que justifican su homosexualidad fue que nunca se le conoció una novia y nunca se casó. Cuando él tenía dieciocho años, la policía secreta de Florencia lo detuvo, se le acusó de ser homosexual y de práctica sodomita con un joven de diecisiete años en una fiesta orgiástica. Es imposible decir si la acusación fue verdadera o no. El castigo podía ser desde una simple multa hasta la pena capital. Da Vinci fue humillado. Dos meses más tarde fue juzgado.

No se encontraron pruebas o testigos en su contra y fue liberado en un estado de pánico. También se dice que no se le juzgó, porque Leonardo contaba con la ayuda de gente influyente y poderosa que conocían a él y su familia, especialmente a su padre. La mona lisa fue la más famosa de sus pinturas. Leonardo da Vinci clamaba que era su logro más grande, su trabajo más fino y delicado. Siempre cargaba con esta obra a dondequiera que viajaba. Muchos historiadores del Arte sospechan que su reverencia por la mona lisa nada tenía que hacer con su maestría artística. Más bien, clamaron, que había un mensaje oculto en las capas de la pintura. Yo clamo lo mismo para mí, estoy seguro de que hay un lugar escondido en las múltiples capas de mi mente con la respuesta a todas mis preguntas existenciales. La duda es que no sé cómo llegar hasta ahí. Dentro de cuatro paredes estoy en el nivel más obscuro de mi vida, sin esperanza, sin motivación para vivir, casi siempre deprimido, ansioso, enojado, triste.

No me acuerdo cuando fue la última vez que me reí. De los pocos momentos que disfruto es cuando duermo, cuando como y cuando tengo sexo: los tres instintos básicos animales. Sí, desafortunadamente son los placeres más primitivos, pero que me importa, de todas maneras, trato de disfrutarlos. Mientras duermo puedo soñar y escapar de mi realidad. A veces hasta sueño que sueño y se me hace fascinante. En mis sueños puedo caminar, correr y hasta volar.

Un sueño repetitivo que me sucede es que me veo caminando sin un zapato. Busco y busco sin descansar para encontrar mi otro zapato, pero nunca lo recupero. Cuando despierto y vuelvo a la realidad, sudando y con la respiración agitada, trato de encontrar el significado de la vida, pero no encuentro la respuesta. Otras veces sueño mis sueños de querer ser actor, me veo actuando en una obra de teatro en Atenas o Florencia o Londres o Broadway en Nueva York o en el Auditorio Nacional de la ciudad de México o Roma o Milano. Probablemente, este sueño es por la gran pasión que tengo por la actuación y los viajes, ya que he estado físicamente en todos esos lugares. Por cierto, Milano, me recuerda los años infructuosos de Da Vinci en esa ciudad. Cierro mis ojos, me concentro profundamente y me imagino que estoy entrevistando a Leonardo da Vinci. Me da curiosidad saber si en verdad le fue tan mal cuando vivió en la bellísima ciudad de Milano o solo son especulaciones.

—¿Maestro Da Vinci, es cierto que su experiencia en Milano no fue muy buena?

—Durante esos años en Milano, me concentré en la meditación del alma, perdí tiempo en especulaciones infructíferas, años en los cuales dediqué mi ocio involuntario al estudio de la filosofía.

—¿Cómo se sintió haciendo eso? ¿Se enfocó en algún tema especial de la filosofía?

—Estaba en depresión. Precisamente mi escape de la depresión y la misantropía están basados en sueños de grandes conquistas de tierras extranjeras, de puestos importantes y del desorden de la naturaleza, todos estos elementos usados como mi habitual recurso en mi venganza obscura contra un mundo desfavorable. Mi espíritu irresoluto fue tentado y asustado por lo desconocido, pero reflexioné, o mejor dicho consideré planes de jornadas amplias a través de la vida presente y pasada. Busqué viajeros que me pudieran contar historias extrañas de humanos y eventos en el Este.

Leonardo da Vinci, el gran Leonardo da Vinci estaba en depresión! Abro mis ojos y tomo mi espejo. Claramente, estoy envejeciendo, con el pelo cada día más ralo que se está poniendo blanco, ya casi se me ve la pelona. Mi cuerpo es más bien huesos que carne y aunque estoy seguro de que soy la misma persona de antes cuando bailaba la tarantela, sí, soy yo y parte de mí, no hay una línea de fractura. Sin embargo, he cambiado totalmente en el físico y, aun así, mi convicción es absoluta de que permanezco el mismo. Nunca me sentí tan fragmentado, de otra manera mi ser estaría en peligro. No cabe duda que soy el mismo, pero al mismo tiempo soy diferente. Cierro mis ojos y continúo con la entrevista al maestro Da Vinci.

—Maestro Leonardo, ¿cómo pasó los últimos años de su vida?

—A los sesenta y cuatro, viviendo en Francia, estaba consciente de que lucía más viejo que mi edad, especialmente después de un segundo paro al corazón que sufrí y que me paralizó la mano derecha, mucho más fuerte que el primer ataque que ya había tenido en Roma. Tuve suerte, bastante suerte diría yo, porque era ambidiestro. Continué pintando con la mano izquierda. En ese tiempo tenía varias obras conmigo: el "San Juan", la "Madonna con Santa Ana" y la "Mona Lisa". También tenía conmigo estudios anatómicos, dibujos de músculos, huesos, nervios, venas, articulaciones e intestinos. Había disecado más de treinta cadáveres: hombres y mujeres de todas las edades. También había escrito un gran tratado sobre el agua.

En la iglesia de "*Santa María delle Grazie*" en Milano, estaba el cuadro de "La última cena". La última vez que estuve ahí, desafortunadamente además de que se estaba pelando la pintura, el cuadro estaba totalmente dañado. Tengo entendido que mis obras maestras se fueron destruyendo, decayendo y mi vasto conocimiento fue inutilizado. La masa inmensa de material científico que había sido colectada toda mi vida se preservó solamente en cajas y cajones de escritorio, en registros incompletos elaborados en una escritura secreta, completamente inaccesible para la humanidad. Me cuestionaba constantemente si debería salir a la luz. Hice un esfuerzo sobrehumano, pero me di cuenta de que estaba derrotado y conozco cuáles fueron las fuerzas que me derrotaron: el cotidiano pelear para entender la existencia, el montón de influencias y eventos que van aventando a un ser humano sin su consentimiento como pelota de ping-pong y la arbitrariedad del destino.

Al final, cuando envejecí, estuve enfermo por mucho tiempo que ya casi me moría. Me giré y escudriñé las cosas del catolicismo, así como también las cosas buenas de nuestra santa y cristiana religión y entonces con lágrimas en los ojos me confesé en penitencia. Aunque nunca volví a estar saludable, mis amigos y sirvientes me apoyaron. La única vez que dejé la cama, fue para tomar devotamente el sacramento sagrado de la comunión. Encomendé mi alma a Dios, nuestro único señor y maestro.

—Gracias, Maestro. Al menos me reafirmo que los genios también tienen su parte humana como todo mundo.

—Gracias a ti, y diles a los terrícolas que dejen de estar jodiendo con querer encontrar cosas negativas de mi vida. ¡*Grazie*!

Capítulo Trece

Mi cabello ya no tenía forma, por más que me había aguantado ya necesitaba un buen corte. La razón por la que me resistía a ir a la peluquería era porque siempre les imploraba a gritos que no me cortaran mucho, al final me dejaban casi pelón. Creo que en el fondo había otra razón sobre mi resistencia de ir al peluquero, pero no estaba seguro.

Caminé aproximadamente seis cuadras de mi casa de Manhattan hasta la barbería. Esta vez decidí irme por la calle treinta y nueve hasta la quinta avenida. La peluquería estaba ubicada entre la sexta y la quinta avenidas. Llegué, me registré y pedí que me cortara el cabello mi peluquero favorito. Me informaron que no había ido a trabajar ese día, pero que había uno nuevo, muy profesional que incluso hablaba italiano como yo. Acepté de mala gana. Me senté en el sillón que tenía un espejototote en frente de mí. Vi mi rostro y me empecé a deprimir inmediatamente.

—Escucha por favor, no quiero que me cortes mucho. Solo quiero que le des forma, pero mi idea es conservar el pelo larguito.

—Si caballero, no se preocupe —contestó amablemente el peluquero.

—Ah, otra cosa importante. Por favor, usa la tijera, no me gusta la máquina. —Con una máquina empieza a cortarme del lado izquierdo, troza un grueso mechón de pelo—. Pero óyeme pendejo, ¿no te acabo de decir que no uses la máquina sino la tijera?

Veo el reflejo de mi cara en el espejo grandooote que está morada de indignación.

—Discúlpeme, entendí que usara solo la máquina, pero en este preciso momento voy a usar la tijera. De verdad lo siento mucho caballero.

En el espejo veía una cara decrepita de un viejo-viejo. Las bolsas tan grandes abajo de mis ojos, hinchadas y llenas de arrugas. A la mejor es la luz. Vi la cara de mi peluquero y de otros peluqueros y clientes que se estaban cortando el cabello, pero no, ellos se veían con sus pieles muy jóvenes y frescas. En el tercio superior de sus caras no tenían ni una línea de expresión.

Bajando al tercio medio, la zona inferior de los ojos lucía completamente nítida, ni bolsas ni arrugas. El tercio inferior firme y sin las líneas naso genianas que dan el aspecto de estar uno triste. Era yo, era mi realidad lo que veía en el espejo. Sentía que iba a explotar.

—Sabes que, párele ahí, déjame como estoy. Me marcho en este momento.

—Pero señor, por lo menos déjeme emparejar el otro lado y así...

—Que emparejar ni que puta madre. Te estoy ordenando que le pares. —Indignadísimo me levanté del sillón y le aventé un billete.

Antes de salir de la peluquería me vi en el espejo por enésima vez y sí, la realidad era que mi proceso de envejecimiento se aceleraba.

Caminé por la calle treinta y siete hasta mi Gatto-guarida, encabronadísimo, pensando en la estupidez del barbero y pensando que tenía que cambiar ese momento de ira. Yo no soy ira, mi ser no es ira, porqué me estoy identificando con esta emoción negativa. Aparecen en mi mente las enseñanzas del Yoga:

Nosotros decimos, "yo soy la mente", "yo soy el pensamiento", "yo me siento enojado", o "yo me siento feliz" ¿Cómo podemos enojarnos y cómo podemos odiar? No deberíamos identificar las emociones con el "Ser" que nunca cambia. Si, el ser es incambiable, ¿cómo puede estar uno en un momento feliz y luego infeliz? El "Ser" no tiene forma, es infinito, omnipresente. ¿Qué puede cambiarlo? Nada. Se encuentra más allá de cualquier ley. ¿Qué puede afectarlo? Nada en el universo puede afectarlo. Pero a través de la ignorancia, nos identificamos con nuestros pensamientos que son arrastrados por nuestras emociones.

Sumido en mis pensamientos profundos llegué a la casa y agarré mis catalejos. Desde el piso veinticinco me gustaba observar a los seres humanos, y lo disfrutaba tanto porque sabía que ellos no se daban cuenta de que alguien los estaba espiando. Agarré los binoculares y los empecé a mover como una cámara de televisión, lentamente y en forma horizontal. Me encontré con una pareja en un cuarto del hotel que se ubica en frente de mi edificio, estaban discutiendo. Me imagino que son turistas, vienen a Nueva York a pasarla bien y se ponen a discutir. En la azotea de otro edificio un trabajador dominicano, arreglando el tinaco de una casa. Seguí moviendo los binoculares y en una callecita solitaria capté a una mujer que estaba sola, sentada en una banca y a un lado su bolsa: grande y abultada. Como que andaba buscando algo en específico y empezó a sustraer el contenido de su inseparable amiga-bolsa.

La mujer abre su bolsa y saca una caja de plástico pequeña. De la caja de plástico saca un pastillero que contiene una cápsula de multivitamínico, una de aceite de pescado y la tableta que contiene la enzima lactasa, que le permite a su estómago digerir la leche. Coloca las tres pastillas en una servilleta de papel y se las acomoda en el brasier. Saca otra caja de plástico, un poco más grande que contiene paquetitos de sal, de pimienta, un rábano, toallitas para desinfectar las manos, una mini botellita de salsa tabasco, píldoras de cloro para el tratamiento del agua, tabletas masticables de Peptobismol y Dios sabe cuántas cosas más. Como si se tratara de un acto de magia, la dama sigue sacando más cosas. Una trampa para hormigas, un sacacorchos, velas, cerillos, un bozal de perro, un aerosol, una lupa, toallas sanitarias, crema para las manos, cortauñas, un estuche de maquillaje barato, etc.

Retiro los catalejos de mis ojos: ¿será que, trayendo todas esas cosas en su bolsa, la dama se siente acompañada? ¿Será un mecanismo para evitar la soledad?

Continuo con mi curiosidad de observar el comportamiento humano y mis catalejos van a la azotea de otro edificio. Veo un hombre joven haciendo ejercicio, brincando la cuerda con fuerza bruta. Me da la impresión que quiere ponerse tan bueno como Superman en cinco minutos. Al terminar la sesión se acuesta en un camastro y se pone a pensar como yo. ¿Andará también en la búsqueda de quién es él? ¿Tendrá conflictos existenciales?

Dejo los catalejos en la mesa, checo la hora: seis de la tarde. Tengo tiempo para hacer lo que más me gusta: leer. Analizo que libro es el indicado para devorarlo en este momento. Aunque en los últimos días he estado leyendo tres libros: "Los Yoga Sutras de Patanjali", "Otelo" de Shakespeare y una colección de historias cortas de diversos autores, me decido por una revista y no por un libro que trae un artículo sobre un veterano de la guerra y sus sentimientos y reacciones después de pelear en el campo de batalla.

Como la mente es una de mis grandes pasiones, me gustaría indagar en las neuronas de un veterano de guerra después de hacer tanto bien a su patria. A través de un artículo en una revista, escudriño el corazón y las ondas cerebrales de un ciudadano ejemplar.

Después de haber luchado en la guerra, el viejo se identifica exactamente como un veterano de guerra, aunque aclara que originalmente era carpintero y que no está contento por sus vivencias en el combate. El excombatiente se expresa así: Trato y trato de olvidar mi experiencia de esos días. La bioquímica de mi cuerpo consumiendo ATP de mis células era totalmente diferente... Algunas veces estando ahí, mitigaba o aliviaba los arrebatos del trabajo violento que hacían mis manos: los corazones que había apuñalado con mi cuchillo, los hombres que había estrangulado con mis propias manos. El peso de un hombre muriéndose, siempre fue más de lo que esperaba. Yo, ya había aprendido a llevarlo rápidamente hasta el suelo. Nunca me preocupé para ver si ahí fue donde el término 'peso del muerto' se había originado. No era muy agradable pensar que un carpintero se convertía en un asesino. La idea de sentirme como un refinador de algunas frases que también había asesinado y haber encontrado palabras para describirlo, era demasiado duro.

Quizá ese era el camino de como otra alma torturada vino con los mismos términos que yo lo hacía, haciéndole impersonal, indeterminado.

No sé si tengo sentimientos de culpa por haber matado. Yo luché con el sentido impropio del poder que sentía en esos tiempos. No que maté, pero que sabía algo que una madre o una esposa no sabía: que su amado se había ido. Era extraño. Yo pensaba que tanto el perpetrador como la víctima estaban probablemente pensando la misma cosa en ese preciso momento. Era como un vínculo en cualquier otra parte de la tierra. Cuando regresé, me sentí orgulloso por la victoria de los aliados, pero no en sus logros. Me torturaba constantemente. Una tortura diaria, y eso solo abarcaba una pequeña parte.

Pasé trece años tratando de sobreponerme al constante miedo que me quemaba, que me decía que estaba en peligro. La primera cosa que tuve que sobrepasar fue asociar la luna con el peligro. Después así ha sido mi vida, viviendo muy cautelosamente y siempre en constante miedo y culpabilidad.

Bueno, más bien soy yo, Gatto, el que se siente culpable. Un veterano que arriesgó su vida por su país y su gente, que vivió un mundo de crueldad y peligro, tentando a la muerte a cada segundo y yo que no he hecho absolutamente nada por nadie, me estoy hundiendo en mi conflicto existencial sin saber cómo, por qué y por donde darle para resolverlo. Preguntándome porqué me tocó nacer con una mente tan loca. ¿Debería hacer un análisis de mis acciones cotidianas para encontrar la clave que me permita identificar el origen de mi depresión y descontento en la vida?

Capítulo Catorce

Experimento y observación de mis reacciones cotidianas: Escenarios A, B y C.

Escenario A - Miércoles de nueve a doce de la mañana.

Me desperté, prendí el radio, escuché un programa de noticias para empaparme de la energía universal. Abrí las persianas verticales de las ventanas. Un día soleado, espectacular, exactamente como a mí me gusta.

Apagué el radio porque no quería distracciones para leer el salmo ciento cuarenta y cinco de la biblia. Lo leo todos los días, aunque no esté seguro de la existencia de Dios. Empieza más o menos así: "Te exaltaré mi Dios oh Rey y bendeciré tu nombre eternamente y para siempre...".

Tomé los dos envases de plástico ubicados abajo del lado izquierdo de mi cama (llenos de la orina nocturna) y los llevé al baño. Durante esa pequeña peregrinación hacia la taza de las excreciones corporales, podía oler el tufo alcalino de mi orina que esta vez lucía transparente como un cristal. Otros días se ve amarillenta y otros más, parece vinagre. El objetivo de este proceso de almacenamiento y transportación de la orina es evitar levantarme en la noche e ir al baño a orinar.

Me lavé las manos por la primera vez en el día, un lavado fuerte o más bien diría yo, grosero, hasta que me produjera dolor, de la misma manera que Lady Macbeth lo hacía, claro que yo no soy un asesino como lo fue ella. Chequé mi rostro en el espejo rectangular del baño (con los lados horizontales más cortos que los lados verticales) y no había sorpresas. Odiaba las grandes bolsas abajo de mis ojos que me avejentaban.

Me preparé un rico desayuno: Huevos con jamón y salsa picante con una pieza de pan tostado embarrada con mantequilla y mermelada de fresa y después espolvoreé dos diferentes tipos de queso italiano. Un pedazo de plátano macho. Una exquisita taza de café con crema y una cucharada de azúcar de caña. Luego invadí el líquido ya semiblanquecino con toneladas de cubos de hielo. Los alimentos los coloqué con mucho cuidado en un plato que me robé hace años de un restaurante japonés y se ha convertido en mi plato favorito: el pan lo puse en el centro, a la derecha el huevo con jamón con harta salsa picante, a la izquierda el plátano macho. Lo revisé, cambié el pan a la izquierda y en el centro el huevo con jamón. Volví a cambiar la ubicación de los alimentos y hasta que me dio la sensación de que estaba viendo un cuadro de Picasso, empecé a comer. Ya al mero final devoré la porción del plátano macho.

Después de media hora me di un regaderazo con agua bien caliente. Me cepillé los dientes con la mejor pasta blanqueadora que estaba de moda. El color original de mis dientes es aperlado y a mí que me vuelven loco los dientes blanquitos.

Con esa atmósfera perfecta y energética revisé la agenda del día y me presioné a escribir los próximos pasos en mi vida. El verbo 'presionar' en este caso lo usaba porque nunca me he considerado un escritor natural, entonces, esta era una manera de establecer una técnica para obligarme a escribir con una disciplina férrea, independientemente si tenía ganas o no: trataba de escribir cosas simples de una manera relajada. De lo que si estaba seguro era que leer, una de mis grandes pasiones, la disfrutaba siempre con locura, probablemente es a lo que he dedicado más tiempo en mi vida. Sin embargo, ese disfrute no me sucedía al escribir.

Hice la lista de cosas que necesitaba para el supermercado. Hay dos supermercados cerca de mi casa. Uno especializado en verduras y frutas, y otro regular.

Caminé al de frutas y verduras primero, compré lo que necesitaba y después regresé a casa a dejar la mercancía. Luego me fui al supermercado regular. Mientras caminaba paso por paso iba cantando y a veces hasta chiflaba. Siempre he creído que dondequiera que veas a un ser humano chiflando es un indicio de que está feliz.

En el momento que regresé a mi apartamento el reloj marcaba las doce en punto.

Escenario B – Siguiente miércoles de nueve a doce de la mañana.

Me desperté, prendí el radio. Programa de noticias. No, hoy radio no. Apagué el radio, no quería oír las chingadas noticias. Me daba lo mismo lo que estaba pasando en el mundo. Abrí las persianas verticales de las ventanas: un día nublado. ¡Terrible! Exactamente como no me gustaba. Leí el salmo ciento cuarenta y cinco de la biblia con disgusto.

Hice mi peregrinación con los dos vasos de plástico llenos de orina hasta el baño. Esta vez los dos contenedores estaban totalmente llenos, demasiado líquido amarillento diría yo, ¿por qué tanta orina? Me acordé que tenía que ir a la biblioteca e investigar cómo trabaja el mecanismo de la micción. Esta vez los orines tenían un olor seco, puede ser bicarbonato de sodio. Como que me quiero acordar de la fórmula química: $Na2\ Co3$, dos átomos de sodio y tres de carbonato o algo así más o menos.

Me lavé las manos por la primera vez en el día de una manera grotesca y muy dolorosa, como si quisiera borrar la piel. Me las lavé y me las volví a relavar hasta que me ardieron. Chequé mi cara en el espejo rectangular. ¡Guau! Me miraba bien viejo. Las bolsas debajo de mis ojos parecían más grandes, como que la piel estaba tomando el aspecto de una pasa y que desde luego me hacía lucir un hombre mayor.

Ni hambre tenía. Para el desayuno solo un café y un pedazo de pan.

No me bañé, al cabo que ni me importaba. Tampoco me cepillé los dientes, me daba lo mismo si los tenía blancos o aperlados.

Traté de revisar la agenda del día, pero decidí mejor irme a acostar otra vez. Mi mente trabajaba a su máxima capacidad, pensaba yo: puta vida, no quiero vivir. ¿Por qué estoy aquí? Si alguien me hubiera explicado lo que la vida es, nunca hubiera aceptado venir a este infierno de mierda. Si yo no quiero vivir, porqué tengo que hacerlo. Parecería que todos los hombres y mujeres en esta tierra son felices, excepto yo. Chequé la hora: doce en punto.

Escenario C - Siguiente del siguiente miércoles de nueve a doce de la mañana.

Me desperté y vi la hora: las ocho y media de la mañana. Me volví a dormir. Otra vez me desperté a las diez y cinco minutos. Me sentía terriblemente mal. Me volví a dormir.

Por tercera vez me desperté a las once cinco, esta vez necesitaba orinar. Tomé el frasco de plástico del lado izquierdo de mi cama y oriné con los ojos cerrados. Ah cabrón, me di cuenta de que me estaba orinando en las sábanas de la cama. Agarré algunas toallas y las coloqué en la región orinada y me volví a dormir.

Me redesperté a las doce en punto. Me sentía, horrible–terrible–abajo, cero energías. Tenía que comer algo, aunque no tuviera hambre.

Conclusión: Mismo tiempo, pensamientos diferentes. Tres horas iguales, tres reacciones diferentes. El poder está en la mente. Si yo controlo mis pensamientos, estos hacen que cambien mis sentimientos y emociones. No cabe duda que la mente y los pensamientos son un gran misterio. Se dice que a través de la meditación puedes controlar tus pensamientos. Tengo años meditando y hasta el momento lo que he logrado es pura madre, nada.

Nota: Al siguiente día me lancé a investigar sobre el mecanismo de la micción. Escogí el libro de texto de la Fisiología Médica de Guyton y esto es lo que entendí:

"La micción es el proceso por el cual la vejiga urinaria se vacía en el momento en que se llena de orina. Básicamente son dos pasos: Primero la vejiga se llena progresivamente hasta que la tensión en sus paredes llega más allá del nivel del umbral y luego se vacía. Segundo: Un reflejo nervioso llamado el reflejo de la micción ocurre en el momento en que la vejiga se vacía, o si este falla, por lo menos ocasiona un deseo consciente de orinar. Aunque el reflejo de la micción es un reflejo autónomo de la médula espinal, puede también ser inhibido o facilitado por centros en la corteza cerebral. Con esta información lo que entendí es que yo orinaba varias veces en la noche por tener algo irregular que aceleraba el llenado de la vejiga y me obligaba a descargar en múltiples ocasiones. Desde luego, otra consecuencia del envejecimiento. Tal como Buda lo dijo, venimos a este mundo a sufrir, enfermarnos y envejecer.

Capítulo Quince

Me miré en el cristal de una tienda que vendía máscaras para el carnaval. Mi camisa completamente arrugada, cargando un abrigo viejo en mi mano sobre mi hombro derecho, urgía una buena afeitada, parecía pordiosero.

La espalda me estaba matando por razones que no entendía o a la mejor sin razones. No había comido ni bebido nada desde las nueve de la mañana. Me paré en la cola de un restaurante mexicano a las diez y media de un jueves en una noche nevada. Era el hombre más solo en este mundo. Podía sentir algo pesado, obscuro e irresistible dentro de mí, como una tonelada de lodo en las faldas de un cerro que estaba a punto de deslizarse. El pensar en comida, aún en el platillo mexicano más delicioso, me provocaba náusea, a pesar de que no había probado bocado durante todo el día.

De hecho, reconocía que no era ni por asomo el hombre más ecuánime de este universo. Me reprendí por tener esta mentalidad. La presencia de lástima por mí mismo era prueba de que me estaba hundiendo como una espiral que cada vez baja y baja.

Estaba cargando mi charola en frente de la muchacha chaparrita que se encontraba atrás de la las mesas con los alimentos, el pelo lacio abundante, negro azabache y los guantes rojos de plástico. Los montones de cucharas, tenedores y los cuchillos que se exhibían parecía que me hacían muecas.

—Tres tacos de bistec, por favor.

—¿Con todo señor?

—Le pone un poco de repollo, cebolla, salsa verde y me da dos limones.

Me llevé los tacos a donde se encontraban los aparatos para las bebidas y escogí un agua de jamaica. Pagué en la caja y luego caminando a lo largo de los espacios vacíos del restaurante, pasé uno, pasé dos y pasé tres de mis rivales para el título del hombre más solo del mundo. Me dirigí a mi mesa preferida, cerca de las ventanas del frente donde podía ver hacia la calle.

En la mesa de al lado, alguien dejó medio plato de burritos con una porción de guacamole y un vaso a la mitad de lo que parecía ser agua de limón. Los alimentos abandonados y la servilleta sucia y arrugada me daban asco y ganas de vomitar. Pero esa era mi mesa y era un hecho que me gustaba mucho mirar a la calle. Me senté, coloqué una servilleta en mi cuello, exprimí la mitad de un limón a uno de los tacos y me lo puse en la boca. Mastiqué, deglutí, sentí como pasaba el bolo alimenticio a través de mi garganta y esófago. Bien hecho, Gatto.

Capítulo Dieciséis

Los países que desde mi niñez siempre quise conocer: Egipto, Turquía e Israel. Tomé la valiente decisión y me marché rumbo a Egipto. La trayectoria de mi vuelo diseñada en dos fases: de Nueva York a Ginebra, Suiza. Esperé tres horas en el aeropuerto de Ginebra y después tomé mi vuelo hacia el Cairo. Emocionado, nervioso, asustado, impactado, intrigado y con grandes expectativas, deseoso de conocer una de las grandes maravillas del mundo.

¿Qué es esto? ¿Estas son las pirámides de Egipto? ¿Una de las siete maravillas del mundo? ¿Un montón de piedras viejas agrupadas, llenas de polvo? Esperé tantos años para encontrarme con un pedrerío olvidado por el tiempo. No me siento bien. No sé qué es lo que quiero. ¿Por qué no me siento bien? ¿Qué es lo que necesito? ¿Qué tengo y que quiero? Me siento terrible.

No encuentro mi lugar. ¿Cómo puedo cambiar esto? Al cambiar la mirada, lo único que veía eran toneladas y toneladas de arena. A lo largo, el cielo y la arena parecían como si se unieran, como si estuvieran realizando el acto sexual. Lo que no sabía era quién penetraba a quién. Me acordé que a esa línea imaginaria que parecía que unía el cielo con la tierra se le llamaba el horizonte. Lo aprendí en segundo grado de secundaria en la clase de Geografía.

Solo percibía silencio, silencio puro. A veces el viento cantaba sus melodías celestiales. Mi ropa estaba volando, tratando de decirme, ¿para qué me trajiste aquí? Toda mi vida soñé con las pirámides de Egipto, pensando que eran espectaculares, poderosas, misteriosas, llenas de secretos y mira nada más con lo que me encontré.

Aquella deber ser la pirámide de Khufu, la más grande. Las otras dos: Menkaure y Khafre. Volé doce horas para ver esta maravilla de la depresión. ¿Qué me está pasando? Yo creía que al estar aquí me sentiría feliz. Pero ya veo claramente, el infierno interior es el mismo, pero con diferentes diablos. ¿Por qué o para qué vine a Egipto? Que pérdida total de tiempo y dinero. Me quiero regresar inmediatamente a casa.

No señor, no quiero un paseo en camello. A mi izquierda se encontraba la esfinge, con cuerpo de animal y cara de humano. En realidad, algunas veces nosotros los seres humanos somos más animales que humanos o por lo menos hasta donde yo sé los animales no tienen conflictos existenciales. Sus mentes no están parloteando y parloteando, simplemente observan y disfrutan el momento.

¿A esto es a lo que llaman vida? ¿Será que en la maravilla del mundo es donde está 'mi lugar'? ¿Por qué tengo que continuar en estas rocas sin vida, muertas, si no quiero? ¿Porque Dios así lo dice? ¿Me importa lo que Dios dice? ¿Realmente qué estoy haciendo aquí?

Mi lugar en Cairo, el Hotel 'Lotus' estaba bien ubicado, cerca de la plaza 'Tahrim' y mi cuarto era el número ocho. Siempre me ha gustado el número ocho, ya que luce como una letra mística de la era paleolítica. Algunas calles de El Cairo olían a orines de gatos. Los perdono porque yo me llamo Gatto. Mis fantasías y sueños de la civilización egipcia son como mis sueños y fantasías: Cero, Nada. No entendía por qué también el pueblo de Guisa que es el hogar de las pirámides, estaba completamente sucio y hediondo. ¿Dónde está el respeto?

Tengo que existir, aunque no quiera, aun si la existencia es sinónimo de sufrimiento, pero el sufrimiento es el precio que tengo que pagar por la existencia. En la universidad aprendí, pienso luego existo. Ahora diría, pienso luego sufro.

Bueno, no todo en Egipto era malo, el pollo que me comí en el restaurante 'Falafel' estuvo exquisito. Pensándolo bien los egipcios son amables y encantadores, además hay algunos físicamente muy bellos. En las calles me hacían sentir como una estrella de cine con tantas atenciones y deferencias. Shukran! Cairo es mágico y misterioso. La cultura y la historia es maravillosa. Lo único que pido es que mantengan limpia la ciudad. ¿Qué es primero, la esencia o la existencia? En este instante no me importa, me siento mejor. ¡Ah, esos ojos negros preciosos!

Después de varios días en Cairo, reflexioné que esta era la primera vez que estaba aquí, dándome cuenta de que había realizado uno de mis más grandes sueños. Desde que era niño, cuando leía 'Las mil y una noches' me preguntaba si sería posible viajar a esos países de ensueño. Ya estaba aquí y no sentía nada, absolutamente nada, frecuentando los mismos lugares que me estaban produciendo aburrimiento. Mi exterior: diferente, mi interior: el mismo. Sentía como que la vida me quedaba a deber. Me gustaría experimentar algo totalmente nuevo, refrescante, que me maraville, que me sorprenda, Me gustaría que cada día fuera desigual y no la misma pinche rutina. Pero no, todo era lo mismo, la misma gente, las mismas calles, los mismos sonidos, los domingos son exactamente lo mismo. Así no quería vivir. Para acabarla de fregar, aconteció lo peor. Después de una semana en Egipto me puse muy ansioso. Me urgía regresarme a casa, peleaba con mis neuronas y trataba de imponerles la idea de relajación y disfrute en las tierras egipcias, pero no, fue inútil, aun usando todos los recurso que conocía del yoga y del zen. Me regresé en ese mismo instante a mi hogar.

Capítulo Diecisiete

Tenía veinticinco minutos antes de mi próxima psicoterapia, escribí los tópicos que quería hablar: Medicare... Miami: diferencias entre Miami y *South Beach*... Mis pies: el origen de todo... Psiquiatra... Otro Psicólogo: Psicoterapia temporal con un nuevo terapeuta y regresar al psicólogo original.

En mis sesiones de psicoterapia generalmente primero hablaba de cosas cotidianas como para ir haciendo un calentamiento de la mente y al mismo tiempo tratando de romper el hielo con mi psicoterapeuta.

Ya que llegué al edificio del consultorio del psicólogo, la ubicación me recordó que por diez años esas oficinas habían sido usadas para negocios clandestinos de sexo y drogas, siempre junto a un supermercado. Ahora las nuevas oficinas no tienen ventanas, los techos son muy bajos, delgados y de materiales sintéticos. Cuentan con una sala de espera, una oficina para las secretarias, un baño con un lavabo y el cuarto donde tomo la terapia es rectangular, como un cubículo: dos sillas, un escritorio, un teléfono viejo, una computadora del año del caldo y la atmósfera que percibo cambia cada vez que voy, aunque la mayoría de las veces la siento como llena de pensamientos volando sin cesar.

Me senté en la sala de espera. Eran las tres veintinueve de la tarde. Nos encontrábamos yo y otros dos pacientes, mejor dicho, otros dos pacientes y yo, el burro se cuenta al último. Me daba curiosidad del porqué ellos estaban ahí. ¿Sería porqué se sienten solos, deprimidos y ansiosos como yo? ¿O quizá ellos vienen con el psiquiatra, lo que significa que están medio locos?

Exactamente, las tres y media de la tarde, el doctor W apareció en la escena. Mi cerebro me anunció: tiempo de terapia mental. El doctor en su aparición triunfal y pacífica, con sus ojos azules que proyectaban una vibración por demás pensativa. No sé por qué, pero siempre parecía como si estuviera con sus pensamientos hasta la madre.

—¡Hola!

—¡Hola! Buenas Tardes.

—Entra Gatto, por favor.

—Gracias! Puse mi pie derecho primero en el pequeño consultorio y después el izquierdo. Ahí estaba la misma silla esperándome. Me senté, percibí el ambiente y me di cuenta de que también estaban los mismos cuadros colgando en la pared. El reloj redondo indicaba su brazo corto hacia las tres y el largo apuntaba hacia las treinta y tres.

—¿Cómo está doctor? ¿Da consulta todos los días? —pregunté.

—Me quedo en casa los miércoles para hacer papeleo. Los otros días veo pacientes. Por cierto, estaba pensando que efectivo podría ser si de aquí en adelante tuviéramos nuestra terapia por Zoom o por teléfono. ¿Te gustaría? Podría ser más práctico y confortable.

—Completamente en desacuerdo. En persona, cara a cara, es más humano para mí. Me gusta sentir la energía y ver al otro ser viviente en frente y cerca de mí. Por zoom o teléfono me parece muy mecánico. Nosotros, la humanidad, estamos perdiendo humanismo, valga la redundancia, nos estamos transformando en objetos —contesté enérgicamente.

—Gracias por tu opinión tan honesta. La tomaré en cuenta. Es muy importante para mí la opinión de mis pacientes. Y bien Gatto, ¿cómo te sientes hoy?

—No tan mal. Por cierto, he conseguido más información acerca de Medicare. Sé que la transición de mi seguro médico tiene que ser hecha tres meses antes de mi próximo cumpleaños. La transición es mandatoria, si no la haces te multan, así es que no tengo otra opción. De cualquier manera, hablaré con mi aseguradora actual para que me oriente.

—Por favor avísame cuando el cambio esté hecho. Tuve otro paciente antes que no me comentó nada acerca de esta transición de

Medicaid a *Medicare* y tuvimos problemas. Pero afortunadamente en este caso, estamos a tiempo.

—Correcto doctor. ¿Se acuerda que me dijo que usted vivió antes en Miami? ¿Cuál es la diferencia entre Miami y *South Beach*, qué tan difícil es encontrar un hotel en ambas áreas, las rentas son similares o cuál área es más cara?

—La diferencia básicamente es que *South Beach* es más turística y Miami es más para los residentes. Gente local regular vive en Miami, por lo tanto pienso que *South Beach* es más cara. También depende de la temporada.

—Porque que cree, estuve checando precios de los hoteles y cuál fue mi sorpresa que están más caros que los hoteles en Europa. Gracias por la información.

—Yo sé, que tú amas Europa. Siempre te he dicho que tú eres un hombre del renacimiento en todos los sentidos.

—Bueno doctor, entrando en materia le puedo decir que me siento espectacularmente bien ahora mismo, pero ayer tuve un día malísimo. Todo empezó después de mis cuarenta y cinco minutos de natación, nadé de las seis a las seis cuarenta y cinco de la tarde.

—¿Piensas que la natación tuvo que ver o influenció tu estado emocional?

—Mi apartamento en Manhattan al que yo llamo la Gatto-Guarida, está ubicado en el piso veinticinco y la piscina está en el segundo piso, es una piscina cubierta. Usualmente, llego a la alberca cinco minutos antes. Ayer, en el momento que el salvavidas en turno abrió la puerta de cristal del edificio de la piscina, platiqué con él un rato. Luego me fui a un camastro y me puse mi gorro y lentes de nadar. Caminé hacia la parte norte de la alberca y bajé los cuatro escalones que me llevaron al agua.

—¿Sentiste algún tipo de reacción al tocar el agua?

—Exactamente, quería hablarle de eso. Para mí el agua siempre está muy fría. Es como si la sensibilidad de mi piel estuviera alterada, realmente no sé por qué. Si el agua está cálida, la siento fría y si está fría, me parece más fría. Casi siempre me espero como un minuto para dar tiempo a mi cuerpo a que calibre la temperatura y así mi centro termorregulador en el cerebro detecte el agua justamente a la temperatura en que se encuentra. Después empiezo a nadar cambiando el estilo de nado y la posición del cuerpo cada dos vueltas, algunas veces con la cara viendo hacia arriba y otras hacia viendo hacia abajo. Trato de enfocarme en los músculos que quiero trabajar, pero a veces mi mente tiene pensamientos estúpidos que no paran y uso una técnica para enfocarme que yo inventé, que la he denominado natayogación, que otro día le hablaré en que consiste. Trato de eludir esos pensamientos que no contribuyen a mi vida y por supuesto tampoco al objetivo en mi natayogación —el doctor me escuchaba atentamente.

—Siempre he tenido la idea de que cuando nadan tienen que estar concentrados en el cuerpo físico, especialmente en el área muscular que quieren trabajar —exclamó el doctor.

—Eso es lo ideal, pero en mi caso podría decir lo contrario, ya que es más fácil para mí perderme en mis locos pensamientos. Pierdo el control de mi mente muy fácil. Teniendo en cuenta que he practicado yoga por más de treinta años me siento presionado a controlar mis pensamientos más rápido que otros seres humanos. Por otro lado, le puedo asegurar que todas mis sesiones de natación al final me dejan en una relajación mental total, me siento como pez en el agua. En fin, mi propósito de explicarle todos estos detalles es porque quiero que analice que el verdadero momento en que mi martirio corporal se inicia es justamente cuando salgo de la piscina. Exactamente, cuándo pongo un pie en el suelo, al salir de la alberca, mi sufrimiento físico explota en ambos pies y piernas: dolorosísimo y los músculos se contraen como si estuvieran hechos de hierro.

—Y luego ¿qué pasa?

—Tengo entendido que cualquier persona inmediatamente después de nadar se siente superbién con el cuerpo totalmente relajado. Mi caso es exactamente lo contrario, yo me siento como un terremoto de sensaciones indeseables por dentro de mi cuerpo y mis pies no acatan la orden cuando reciben la señal de caminar. En el momento en que la parte frontal de mi cerebro da la orden: ¡Caminen! Mis pies no oyen, no contestan a la señal. Se resisten a andar.

—¿Lo que quieres decir es que en ese momento caminas con dificultad?

—Sí, y esto no es lo peor. Lo peor viene después de nadar, mi día se jode, ya no puedo hacer nada, necesito descansar en la cama, mi día se acabó, perdiendo la posibilidad de trabajar, crear y producir como cualquier otro ser humano regular. Tengo que permanecer en la casa aún contra mi voluntad y...

—Explícame por favor. —El doctor no me dejó terminar mi idea.

—No me interrumpa. ¿Qué estaba diciendo? No me acuerdo. Odio cuando la gente no me deja terminar de hablar.

—Estabas hablando acerca de las dificultades para caminar, que tus pies no contestan la señal cerebral y las sensaciones extrañas que aparecen después de nadar.

—Ya me desconecté por completo. Pero bueno, lo que quiero decirle hoy es que usted no me está ayudando, como le mencioné en la sesión pasada. Ya llevamos montones de sesiones de terapia y no veo ningún avance. Por lo tanto, tengo una sugerencia para encontrar una solución a mi problema.

—Gatto, ya te dije que tu caso es complejo, los resultados se verán poco a poco. Necesitamos más tiempo para indagar en tu mente.

—Más tiempo, ¿después de casi dos años de sesiones? —repliqué yo.

—Sí. Los caminos del estado mental son infinitos. Estoy seguro de que sabes eso, ya que tu conocimiento de la mente es muy amplio.

—Esa es la razón por lo que la mente es una de mis grandes pasiones y estoy hablando de la mente desde diferentes puntos de vista: psicológico, espiritual, emocional, intelectual. La mente es misteriosa y aparentemente dura de manejar en su totalidad. Hay espacios mentales que al parecer no se pueden controlar.

—¿Entonces dime por favor cuál es tu sugerencia?

—Tengo dos sugerencias. Hace algún tiempo yo hablé con usted sobre la posibilidad de consultar a un psiquiatra. También le dije que no estaba interesado en la toma de psico-medicamentos, pero he pensado que, si no hay manera, es decir, si el psiquiatra científicamente me convence de que realmente necesito tomar esas medicinas para sentirme equilibrado emocionalmente, claro que me las tomaré.

—¿Qué ha pasado con la cita con el psiquiatra que le sugerí con anterioridad?

—Ya la pedí. En el momento que mi secretaria la consiga, te lo dejará saber inmediatamente.

—Lo que pasa es que esas citas se piden con mucho tiempo de anticipación porque el psiquiatra tiene su agenda llena.

—Bueno, entonces cuento con el psiquiatra.

—Desde luego que sí. Ahora bien, estoy muy intrigado y me gustaría saber el porqué de tu resistencia a tomar las psico-medicinas. Me gusta el término que le das a este tipo de medicamentos: psico-medicinas.

—Para mí, a la gente que toma psico-medicinas las considero débiles mentales. Si tú eres mentalmente fuerte no necesitas tomar absolutamente nada, no necesitas de ingerir substancias extrañas a tu cuerpo. Además, las psico-medicinas te dan una serie de efectos adversos que a veces esos efectos indeseables empeoran la salud de tu cuerpo, como dicen, el remedio es peor que la enfermedad. En vez de los medicamentos prefiero elementos espirituales como zen, la meditación, la práctica del silencio, yoga y otras técnicas enfocadas al control de la mente.

—Respeto tu punto de vista, pero estoy seguro de que tienes el conocimiento de las substancias químicas producidas por el sistema nervioso: los neurotransmisores. Algunas veces la producción de estas substancias es anormal en cantidad y calidad llevándote a un desequilibrio mental. Hay muchos estudios que reflejan la gran ayuda del rebalance de los neurotransmisores como la serotonina, la dopamina y otros, después de la toma de medicinas adecuadas y bajo la supervisión de un profesional.

—Desde luego, he leído mucho sobre ese tema. Créame doctor, sé perfectamente lo que estoy haciendo. Si en algo estoy versado es en todo lo relacionado con la mente.

—No hay problema Gatto. Ojalá pudieras cambiar de opinión en cuanto a la ingestión de las psico medicinas. —El doctor semi sonrió y mostró sus dientes imperfectos y con manchas amarillentas. Era repugnante que una persona no cuidara sus dientes.

—Lo que deseo es el punto de vista de un psiquiatra sobre mi caso. A lo mejor él tiene la solución para evitar mi depresión y ansiedad y si me convence de que tomando las medicinas resuelve mis problemas, lo cual veo casi imposible, las tomaré sin pretexto. ¿En cuánto tiempo sabré cuándo será la cita con mi psiquiatra? Espero que no sea mucho. —Cambié la posición de mis piernas. Crucé la pierna derecha y la coloqué sobre la izquierda. Me hacía sentir más cómodo. Mi expresión corporal claramente estaba hablando.

—Toma más o menos un mes. Hablaré personalmente con él y le pediré que acelere el proceso. Por cierto, tenemos un nuevo psiquiatra y es muy amable. Estoy seguro de que te va a escuchar atentamente. —El teléfono en el escritorio estaba sonando—. Hola, estoy con un paciente. Por favor, llame más tarde —el doctor contestó.

—Gracias doctor. La otra de mis sugerencias consiste en una evaluación por un período corto de tiempo, dada por otro psicólogo. Considerando que yo creo firmemente que la terapia entre más tiempo dura con el mismo psicólogo es mejor para tener éxito en el resultado, refiriéndome a ambas partes: paciente y terapeuta, he llegado a la conclusión que su tratamiento no está dando resultados conmigo. El punto es que me gustaría ver a otro psicólogo durante dos o tres meses y después volver a regresar con usted.

—Perdóname, pero no entiendo. ¿Puedes explicarme?

—Me explico. ¿Qué tal si tomo por dos o tres meses la terapia con uno de sus colegas? Y así tendremos lo que en medicina se conoce como una segunda opinión.

—¿No te sientes cómodo con mi técnica? ¿Tus expectativas no están satisfechas? —el doctor replicó francamente sorprendido.

—Hay dos cosas que me super gustan de su psico-tratamiento: el análisis de mis problemas es cada vez más y más profundo y así hemos tenido una visión más amplia. También he observado que cada vez que hablamos, después de la sesión me siento plenamente relajado, como si se limpiara mi alma y mi espíritu, si es que existen. Me siento ligero.

—¿Entonces por qué quieres ver a otro terapeuta? —el doctor W preguntó con una mirada intrigante y tal vez sintiendo que no había cumplido como psicólogo, que algo estaba fallando.

—Porque no veo resultados. Mi problema básico no ha sido resuelto. Es como un círculo vicioso. Siempre regreso al mismo estado emocional negativo. Cuando creo que estoy mejorando, la ansiedad y depresión reaparecen otra vez.

—Mi opinión es que, si vas con otro terapeuta, en los primeros meses él se va a enfocar en preguntarte si la terapia conmigo falló o qué en nuestra psicoterapia no funcionó.

—Yo entiendo eso. Yo, cien por ciento creo en esta, mi filosofía: cuando tú tienes un problema, encuentra la solución. Problema-solución. Lo que pasa aquí es que no he encontrado la solución después de tanto tiempo en su psicoterapia. Mi sugerencia sobre otro terapeuta aparece porque hace diez años tomando terapia con otro doctor, una vez él me preguntó si aceptaría tomar sesiones con uno de sus colegas al mismo tiempo, así con la evaluación del otro doctor podría tener una segunda opinión y, por lo tanto, un mejor diagnóstico y tratamiento de mi caso. —Me estaba encabronando, hasta me estaban ganas de mandar a la chingada al doctor en ese mismo instante.

—Me acabas de dar una idea. Dentro de dos meses voy a tener un estudiante residente, si aceptas, él puede trabajar contigo bajo mi supervisión y así podremos tener una segunda opinión y al mismo tiempo yo continuar el tratamiento contigo. —El doctor habló de manera triunfal.

—Déjeme pensarlo, la idea no me desagrada, pero al ser un estudiante quizá no tiene el conocimiento y los recursos suficientes, ni la experiencia para mi caso.

Veo el reloj, me queda solo como un minuto.

—Pero recuerda Gatto que a veces las nuevas generaciones vienen con ideas refrescantes y además yo lo voy a estar supervisando.

—Okay doctor. Le daré mi respuesta la próxima semana. Tengo dudas acerca de las nuevas generaciones. Mi caso es complejo, nada fácil. Necesito un gran maestro de la mente.

—No hay problema, hablamos la próxima semana. —El doctor volvió a sonreír con sus dientes tan horribles. Le iba a sugerir que fuera al dentista. No, después de todo que me importaba.

—Por favor no se olvide de mi cita con el psiquiatra.

Me levanté y en los próximos quince minutos tenía que reflexionar, como siempre lo hago, sobre la recién terminada sesión mental terapéutica y analizar cualquier otro pensamiento que acudiera a mis neuronas.

Me fui al baño del consultorio del psicólogo, me bajé los pantalones, me senté en la taza y a darle duro con mi sistema nervioso cerebral, mis reflexiones fueron:

Algo me ha pasado, no puedo dudarlo más. Llegó como cuando una enfermedad que te ataca, no con una certeza extraordinaria, tampoco como algo evidente. Llegó astutamente, poco a poco. Se siente medio extraño como en desorden, eso es todo. Una que vez se establece nunca se va, permanece callado y quiero persuadirme que nada pasa, que es una falsa alarma, pero al parecer ya está floreciendo.

Me sorprendía que había algo nuevo en mis pies, como una diferente manera de caminar, los sentía pesados y mi marcha mucho más lenta. Otras veces se me dormían como si estuvieran anestesiados y a ratos con franco dolor vibratorio.

Esta tarde, caminando a mi cita con el psicólogo, paré enérgicamente porque sentí como si un cuchillo atravesara mi pie izquierdo. Me quité el zapato, me quité el calcetín y no encontré nada en absoluto.

Ayer en la piscina cuando el salvavidas vino a decirme buenas tardes, me tomó cinco segundos para reconocerlo. Lo que veía era una cara desconocida o más bien no parecía como una cara. Su mano como una culebra quería enredarse en mi propia mano. Retiré mi mano con urgencia y mi brazo cayó fláccidamente.

A veces oigo ruidos sospechosos por dondequiera que paso y a veces tengo la idea que alguien está matando a alguien por el tipo de sonidos que escucho.

He visto que un cambio claro se está dando en los últimos días. Pero ¿Cómo? ¿Dónde? ¿Por qué? Es un cambio extraño sin una razón lógica. ¿Seré el único que está cambiando, o será mi entorno y la gente que me rodea? Tengo que escoger. Yo pienso que yo soy el que ha cambiado. Sí, esta es la respuesta más simple, aunque un poco loca y al mismo tiempo nada placentera. Me tengo que dar cuenta que estoy sujeto a estas repentinas transformaciones.

El punto es que rara vez pienso que es un conjunto de pequeñas transformaciones acumuladas en mí sin siquiera notarlas, y un día la gran verdad tomará lugar. Todo esto es lo que le ha dado a mi vida como un aspecto incoherente y estúpido. Cuando dejé mi pueblo natal, nunca pensé en estas locas metamorfosis que me tienen obnubilado... "Por favor Gatto, salte de esa onda vibratoria, párale ahí, relájate, no pienses. Salte inmediatamente de este trance". Me lavé las manos, me contemplé en el espejo por segundos y salí corriendo.

Capítulo Dieciocho

Diez de la mañana: Haciendo un análisis de lo que más me gusta en esta vida. La mente, por supuesto en primer lugar, que además estoy seguro de que en la mente está incluido el camino para ser feliz, pero que hasta hoy no he podido encontrarlo. Más bien diría, que soy perfectamente infeliz.

Después viene mi pasión por la prostitución y toda la atmósfera que la envuelve. Luego también me considero adicto a la belleza, al sexo, al chocolate y al limón, o sea que soy un bello-sexo-choco-limón-adicto, lo que significa, por ejemplo, que no me gusta lo feo y si pudiera tener sexo todos los días sería perfecto. Además, que la vida sin chocolate y limón no sería vida, no tendría sabor.

Me fascina leer, pero escribir no es lo mío. Sin embargo, si hubiera nacido con las dotes de un escritor, crearía tres libros que hablaran sobre mis tres grandes pasiones. La mente y su complejidad sería el primero de mis libros.

Yo afirmo que la felicidad es un estado mental, mi segundo libro hablaría sobre este tópico y sería algo similar a una investigación de cómo la gente es capaz de vivir la mayor parte del tiempo una vida feliz, enfocándose de manera disciplinada en el control de la misma. Que paradójico, yo que vivo deprimido, solo y ansioso, fantaseo en un método para encontrar la felicidad. Mi propuesta para alcanzar la felicidad después de años de seria y profunda investigación a través del comportamiento humano está basado en el descubrimiento de una fórmula efectiva con cuatro pasos básicos: observación, aceptación, relajación y motivación.

Estoy seguro de que, si se trabaja en estos cuatro pasos poderosos, se toca el mundo de la felicidad, se vive relajado y con menos estrés.

Con esta idea me salgo a comprar un helado de chocolate a la tienda de los árabes que se encuentra a tres cuadras de mi casa.

Doce y media de la tarde: Siguiendo con yo, siendo escritor. En el tercer libro escribiría sobre el fantástico, obscuro y misterioso mundo de las mujeres de la vida galante. No me siento bien y no entiendo por qué me atrae tanto la vida de las prostitutas. ¿Será que soy un enfermo mental o será karma?

He viajado a más de treinta países y he conversado con prostitutas en Turquía, Suiza, Jerusalén, el Cairo, Roma, Túnez. También me relacioné con sexoservidoras de 'la Merced' en la ciudad de México. Algunas de ellas no sabían que eran prostitutas, otras no lo aceptaban.

El punto consistía en que todas ellas necesitaban preguntarse a sí mismas, ¿por qué soy una prostituta? ¿Soy prostituta porque quiero o por destino? También me gustaría investigar si hay mujeres de la llamada mala vida o mujeres del partido como se les menciona en la novela de Don Quijote, que hayan intentado agruparse y formar un sindicato. Pienso que hasta sería magnífico formar una asociación en el mundo real: la organización mundial de las prostitutas, OMP.

Incluso Jesús perdonó a María Magdalena que a todas luces fue prostituta. La prostitución se considera el oficio más antiguo del mundo.

Por supuesto, es bien sabido que siempre en la historia de la humanidad, las prostitutas han resaltado por su belleza e inteligencia. Tenemos el caso de Vanossa dei Cateri, italiana, que en el siglo cuatrocientos noventa y dos fue la amante del Papa Alejandro VI. Tuvieron seis hijos y dos de ellos se convirtieron en personalidades importantes: César y Lucrecia Borgia.

Increíblemente, César Borgia se enamoró de otra prostituta: Giulia Farnesse. Hasta he pensado en el título del libro, "El constructor de prostitutas". ¿Por qué estos dos tópicos contrastantes, la mente y la prostitución me apasionan? No lo sé, mejor me voy a mis cuarenta y cinco minutos de natayogación.

Siete de la noche: Cuando pienso en escribir me da pereza y después de minutos escribiendo me aburro. Sé perfectamente que atrás de un buen escritor existe un buen lector. Probablemente, esta es la única característica que tengo de ser escritor. Me considero un superbuen lector, pero me cuestiono, porqué si tanto me gusta leer no me pasa lo mismo al escribir.

Dos posibles respuestas: Cuando leo no hago ningún esfuerzo, el material ya está digerido, solo disfruto la lectura en el momento, el trabajo ya está realizado. Pero cuando trato de escribir me presiono mucho y mientras escribo tengo la idea de que es un trabajo muy pesado que tengo que hacer, quiera o no. Hay mucha energía desgastante y no fluye igual que cuando leo. Al leer no existe ningún trabajo, ni esfuerzo, puesto que el trabajo ya lo hizo el escritor.

Analizando una entrevista a Gabriel García Márquez, uno de mis autores favoritos, él decía que escribir era luchar contra un monstruo: el monstruo de la escritura. Estoy de acuerdo. Cuando trato de escribir me quedo en blanco. No sé dónde empezar, ni terminar. Creo fervientemente y este es otro de mis descubrimientos que cuando eres bueno en algo, la acción es fácil, ligera, simplemente fluye. Es lo que los jugadores de cualquier deporte llaman 'entrar en la zona'. Al escribir nunca he llegado a esa zona, al contrario, en el momento de escribir mi ansiedad se incrementa, pierdo la relajación total y automáticamente empiezo a pelear con mis pensamientos. Me convierto en un juez muy crítico de mí mismo porque soy un amante del perfeccionismo, igual que Da Vinci. Lo que escribo me parece francamente de poca calidad.

He leído miles de libros, pero mi libro superfavorito en esta galaxia se llama *Macario*. Este es uno de varios cuentos incluido en el libro, *El Llano en Llamas* del escritor mexicano Juan Rulfo. Siempre me pregunto: ¿cómo le hizo Juan Rulfo para escribir esta maravillosa y perfecta historia?

¡Méndigo mundo! Me gustaría ser un escritor chingón. Que chingada suerte no ser un escritor chingón en esta recontra chingada vida. Me siento como un hombre solo y chingado. Bueno no me siento, más bien soy un ser que vive solo y de la chingada.

Capítulo Diecinueve

Estaba creando mi guía para la próxima sesión de psicoterapia en el mismo momento en que hacía mis necesidades vitales en el baño. Ya llevaba como quince minutos y no salía nada, estaba estreñido. Había comido mucho chocolate obscuro que siempre me estriñe, pero podía más mi adicción al chocolate que el estreñimiento. Esta vez escribí en un pedazo de papel higiénico. Al final, algunas de las palabras eran difíciles de entender, pero mi guía decía más o menos así:

Nuevos lugares alrededor de Nueva York que pueda visitar. ¿Los hoteles son caros? Opinión de las religiones Judeo-cristianas y Budistas acerca de la aceptación. Hablar sobre el ejercicio budista que tengo en mente. Estrés en las calles. Miss Universo tiene un coach que le enseña a controlar las emociones, ¿es posible controlar las emociones a conciencia?

Dieciocho minutos antes de mi terapia le marqué al psicólogo y le dejé este mensaje telefónico: "No me siento bien. Hablamos la próxima semana. Considere la psico-sesión de hoy como abortada o frustrada. No me pregunté por qué. ¡No me llame por teléfono! ¡No!".

De todas maneras, analicé los temas que iba a tocar en la terapia abortada.

Sobre las religiones Judeo-cristianas y el Budismo quería hablar del concepto de aceptación.

Las religiones Judeo-cristianas dicen que Dios es uno y omnipotente entonces tu fe en él tiene que ser incuestionable. Tú tienes que aceptar todo lo que te pasa en la vida, bueno o malo. Si te pasan cosas terribles es porque Dios lo quiere así, es su decisión, tienes que aceptarlo.

En el caso del budismo ellos creen en el karma y la reencarnación. Si cosas malas te pasan a ti es porque tú estás pagando algo malo que hiciste en vidas pasadas. Acéptalas, súfrelas y hazte responsable de ti mismo. Sin embargo, si desde este momento en adelante creas karma positivo, en el futuro recogerás buenos frutos y después vendrá la iluminación.

No estoy de acuerdo en ninguna de ellas porque mi formación ha sido cien por ciento científica y yo no tengo fe. La fe es para la gente ignorante.

Como que me estaba aburriendo y decidí leer un periódico que tenía a la mano. Me quedé impactado con una nota tan extraña que encontré en el periódico. Transcribí exactamente lo que había leído y que llamó totalmente mi atención. La nota estaba redactada en la sección de ligue, es decir, un hombre tratando de ligar o conocer a una probable amante, novia, concubina, esposa o lo que fuera y literalmente decía:

—Personal. Empresario viviendo en Manhattan, ochenta años de edad, en condiciones físicas y mentales excelentes, pero luzco como de sesenta años. Busco una relación seria y sólida con una dama de sesenta años. Llame al dos, uno, dos, uno, uno, uno, cero, cero —Mi opinión: Este es un hombre viejo y solo como yo. Su único pecado es estar viejo y la sociedad lo ha empujado a pertenecer a un grupo de las minorías. Cuando él remarca que tiene ochenta, pero que luce de sesenta, desea que el mundo lo perciba no como un hombre muy viejo y débil. Estoy segurísimo que también su vida es aburrida como la mía.

Capítulo Veinte

Todos los días sin excepción, leo, leo y leo durante horas, horas y horas, por lo que me preocupa mi salud corporal, siempre en la misma posición: sentado. Tal vez deba balancear. Leer menos y más ejercicio físico, que, aun nadando todos los días, quizá no sea suficiente. Está claro que en mi vida cotidiana me enfoco mucho más en mi mente que en mi cuerpo. Siempre que empiezo a leer un libro, mis expectativas son grandes al querer encontrar respuestas a mis conflictos existenciales, el mejor camino para vivir. Rápido me engancho con las creaciones maravillosas de las historias que cuentan los autores, pero después de leer por horas viene la desilusión y nunca encuentro lo que quiero saber.

Todo parece que más bien soy intelectual. Fui iniciado en Yoga, pero en los últimos años me he dado a la tarea de investigar sobre Taoísmo, Budismo y Budismo Zen. Algunos maestros Zen escribieron que, si dejas que tu intelecto te guíe, serás duro y rígido, pero si dejas que tus emociones lo hagan, serás barrido por la corriente; sin embargo, si te enfocas en la volición o la nada, con la ayuda de la meditación serás visto como una persona tenaz.

A veces hasta dudo si me hace bien leer tanto. Schopenhauer, en uno de sus libros dice que tenemos que aprender a dejar de leer los libros malos porque envenenan y drogan nuestra mente y lógicamente arruinan nuestra mentalidad.

La filosofía Zen sugiere que hay que ver el espíritu en todo lo que nos rodea y no solo la imagen expresada en forma precisa, ya que hay una gran diferencia entre ser artesano y ser artista, la clave consiste en no ver cuando vez y en no oír cuando oyes. Es decir que, a la mejor al estar viendo las piedras, las flores o los insectos con los mismos ojos que los demás ven, no nos permitimos ver su verdadera naturaleza. El Zen asegura que cada uno tenemos un ser del cual no estamos conscientes, lo que nos indica que debemos tener cuidado. Ese ser no es estático y monolítico, sino que va cambiando a cada momento, autocontradiciéndose, refutándose y guiado por su propia corrección, su propia eliminación y adición. La razón por la que cambia debe ser porque nuestro ser es un pequeñísimo aspecto de un ser más grande, más profundo e intrincado.

El ser del que estamos conscientes es solo un aspecto superficial en respuesta a cada ocasión, pero ver el ser como tal, no es suficiente con solo ver a alguien. Se tendrá que ver el ser que está más abajo de lo superficial, si realmente se puede ver alguien en forma completa.

¿Pero cómo voy a ver a la gente más de lo que ellos mismos se pueden ver, como conocer una flor más de lo que ella misma se conoce? A veces me siento como el agua en la piscina que tiene un drenaje constante. Haga lo que haga, mi nivel nunca aumenta porque no tengo el conocimiento de lo que es un verdadero entrenamiento que me lleve a evitar esta maldita depresión. Lo que hago cada día no es suficiente para responder a mis preguntas sobre el vivir que me mantienen deprimido.

En general se dice que el arte es buscar la belleza externa y expresarla a través de materiales perecederos. Yo honestamente expresaría toda la belleza que pudiera, ya que me considero bello-adicto y no solo me contentaría de reconocerla alrededor mío, sino también de crearla y expresarla. Aunque también pienso que la belleza creada es rígida, limitada, como si estuviera muerta comparada con la belleza en la mente. Por otro lado, no estoy de acuerdo con los que dicen que la vida es corta comparada con el arte. El arte que es creada es más mortal que el arte reconocida en nuestras mentes, porque cuando la creamos, la despegamos de nuestra mente y el arte no expresada está contactando con la eternidad y siempre será reconocida en nuestra mente. Si la reconocemos o no, nuestra mente siempre contiene un ser más grande conectado con la eternidad, eso es lo que creo.

Todo lo que leo y estudio diariamente solamente me ha ayudado a que germinen hongos en mi cerebro. Ser un hombre de gran memoria y erudición, es lo que no quiero. Incluso algunas veces detesto las bibliotecas por fuera y por dentro. Si una biblioteca fuera como el mar, ¿quién entre los que frecuentan las bibliotecas se percatarían de las olas, la arena y las palmeras? Mi narrativa habla y habla de todo menos de lo que quiero escuchar.

Tengo entendido que la filosofía Zen está guiada entre otras cosas en la naturaleza. Se dice que la naturaleza te responde entre más pienses en ella. Escribir o dibujar sobre la naturaleza es después de todo escribir o dibujar la mente. Por eso quiero estudiar la mente más y más.

Cuando me doy cuenta de que estoy empezando a culpar a otros por mis errores y enojo, trato de rechazar rápidamente este pensamiento y mis ojos se abren como si quisieran escrutar mi propia conciencia, odiando mi autopiedad. Mis ojos se aguadan. Luego los cierro por un rato o mejor dicho los dejo semiabiertos y empiezo a meditar, enfocándome en mis respiraciones y tratando de liberarme de mis pensamientos, hasta que finalmente logro entrar en la nada.

Trato de no ponerle tiempo a mi meditación. Soy como una piedra, un árbol o un mueble. Sigo meditando por un buen tiempo. La idea es llegar a ser en apariencia como una cosa inanimada y en la mente como un ser viviente. Mi vida está sostenida solamente por sus funciones automáticas. Soy una mera existencia, el flujo del tiempo por sí mismo.

Los monjes Zen o guías espirituales, se transforman en vacas y se esfuerzan en el lodo más duro que la gente común y corriente. Aunque la mente de un monje es como la luna de medianoche, nadie se acuerda de la luna a esa hora y que además está más allá de la dicotomía entre el sabio y el ignorante, rico y pobre, alto y bajo, bello y feo.

¿Si pudiera entender las enseñanzas de Buda, eso me ayudaría a encontrar el sentido a mi vida, la naturaleza del ser, a no sentirme solo y deprimido y saber quién soy yo? Buda dice en la primera de sus cuatro verdades que el mundo está forjado y lleno de sufrimiento que aparece al nacer, al envejecer, al enfermarse, al morir, en la separación de cualquier ser querido o con el apego a toda clase de cosas materiales.

Estoy consciente de estos sufrimientos, pero no estoy de acuerdo en tolerarlos si yo no quiero. Por lo tanto, tengo derecho a quitarme la vida en el momento que se me pegue la gana. También se dice que hay cientos de caminos para escalar el monte Everest o para entenderse a sí mismo. Cada quién tiene que descubrir su propio camino, aunque el mío parece como más radical y más difícil. Soy muy intelectual, todo lo cuestiono y creo que a veces debería de creer en el instinto. De todos modos, entiendo que tengo que buscar hasta el final e indagar de forma profunda para descubrir mi naturaleza original.

Los maestros Zen sugieren que contemplemos la luna y si vemos su naturaleza original, todo se iluminará del mismo modo que se ilumina la luna misma. Un maestro Zen le dijo a su alumno que, si quería descubrir su naturaleza en esencia, tendría que escuchar el sonido de una mano cuando aplaude ¿Qué significa esto? Si aplaudimos con nuestras manos evidentemente se produce un sonido. ¿Qué pasa si solo se aplaude con una mano? No hay sonido ni olor, este es el verdadero significado de las palabras de Confucio, 'Hay sonido sin sonido en el eco del valle.' Este sonido no es el sonido que escuchamos con nuestros oídos. No debemos depender de nuestros pensamientos y discreción, tampoco de nuestras emociones. El maestro le dijo a su alumno, medita este tipo de sonido en cada momento de tu vida diaria hasta que pierdas la razón y no tengas palabras que pronunciar. Repentinamente, podrás cortar la raíz de tu vida y muerte, destruir el nido de la ignorancia y como consecuencia obtener la iluminación y la paz, como un ave fénix volando sobre una barrera de hierro.

Capítulo Veintiuno

Me levanté de la mesa blanca y fui por un vaso de agua fría con muchos cubos de hielo. Regresé, me senté y ya no sabía si seguir leyendo o escribiendo o que puta madre hacer. Me volví a levantar y me comí un pedazo de chocolate, deliciosísimo, sentí la corriente mágica de las choco-vibraciones deslizándose en el interior de mi boca y luego yéndose por las paredes internas del esófago. Me puse en completo éxtasis.

Seguía insistiendo en buscar la manera de obligarme a escribir aunque no me gustara. Había pensado en cuál sería la mejor hora y cuánto tiempo sería lo ideal para escribir todos los días. Antes que nada, me di cuenta de que desde las seis de la tarde hasta las once de la noche me aplastaba a ver la televisión. Increíble, seis horas embaucado con la tele. Mucha pérdida de tiempo. Si en vez de estar contemplando la pantalla de cristal coloreada con programas obsoletos mejor me pusiera a escribir, seguramente algo bueno podría surgir. Sé que tenía que hacer algo. Se me ocurrió que en ese preciso instante ejecutaría el primer paso a convertirme en escritor: cancelar el cable de la televisión.

—Hola. Bienvenido a su compañía de cable favorita: "TV para estúpidos". Lo está atendiendo la Srta. Control. —Muy amablemente la vieja del cable contestó el teléfono.

—¿Qué tal? Soy Gatto.

—Hola, Sr. Gatto, estoy segura de que está muy contento con nuestro servicio.

—Muy contento, es por eso que le estoy llamando. Quiero cancelar sus servicios.

—No, por favor. Dígame cuál es el problema.

—¿Tengo que confesarle mi vida privada, pendeja?

Por supuesto que no le voy a explicar a cualquier pendejo que estoy cancelando el cable porque quiero ponerme a escribir. Bonita chingadera que cualquier chancletera se entere de mi vida privada.

Los primeros días después de la cancelación del cable me sentía nervioso, como si algo me faltara. La televisión se había convertido en un apego, necesitaba verla. Como al cuarto día tuve la brillante idea de escuchar un poco de radio, y como consecuencia hoy por hoy me aviento seis horas escuchando la radio y por supuesto no he escrito ni madres.

Capítulo Veintidós

Viajaba en un vagón del metro tratando de escribir lo que iba a decir en mi próxima terapia, una sesión que consideraba crucial por dos cosas: le iba a recordar al psicólogo que me urgía la cita para ver al psiquiatra y también enfatizarle que para mi gusto él no estaba preparado suficientemente para mi caso, que como ya le había pedido antes me gustaría buscar un nuevo psicólogo, que usara una técnica diferente y más efectiva para resolver mis problemas.

Me sentía muy interesado en conocer la opinión de un psiquiatra sobre mi caso y contemplar la posibilidad de tomar las famosas psico-medicinas, las cuales, aunque nunca había estado de acuerdo en consumirlas, si fuera necesario me sacrificaría y las tomaría por mi bien. Una de las razones de mi desacuerdo en tomarlas consistía en que al añadir a mi sangre substancias extrañas, se alteraría el estado natural de mi mente. Por otro lado, me sentía desesperado porque no encontraba respuestas a mis preguntas. Lo que pasa es que últimamente sentía que me estaba hundiendo, como que me asfixiaba en mi soledad y si el psiquiatra y yo considerábamos necesario, inmediatamente empezaría el tratamiento.

Lo más importante era mi aprobación. Los doctores tenían que convencerme con razones científicas del porqué darle el sí a las medicinas que supuestamente actuarían sobre los neurotransmisores. Como ya no tenía tiempo, escribí solo la mitad de mi guía y la otra mitad la escribí cuando salí del metro bajo la energía de un árbol, creyendo que el árbol iluminaría mis neuronas. Al final, estas fueron las pautas para mi sesión:

    a - Psiquiatra-cita, ¿Pruebas de Laboratorio?
    b - $ Gobierno.
    c - Lunes, *Coney Island*.
    d - Darle peso a cada momento.
    e - Encontrar una solución a la depresión, una solución que siempre trabaje.
    f - Leonardo da Vinci, pensamientos sobre la perfección.
    g - Comprar un carro.
    h - Aceptación y motivación.
    i - Solo en la playa.
    j - Lo más importante: cambiar de psicólogo.

Llegué al consultorio del psicólogo, me senté en la sala de espera por unos minutos, caminé al cubículo, cerré la puerta, me senté en la silla de madera y dije inmediatamente:

—Doctor, no me pregunte porqué cancelé la última sesión.

—No hay problema Gatto. ¿Cómo te sientes hoy?

—Bien. ¿Ya me consiguió la cita con el psiquiatra?

—Toma tiempo, ya te dije, pero voy a hacer hasta lo imposible por conseguirte una lo más rápido que se pueda. Hablaré personalmente con el psiquiatra.

—¿Usted sabe si necesito pruebas de laboratorio en la primera cita con él?

—Sí. Necesitas pruebas de sangre y orina.

—Por favor, haga lo necesario para conseguirme una cita lo más pronto posible.

—Seguro. Mi secretaria te llamará en el momento que sepa la fecha exacta.

—Gracias... Por fin, después de mucho pensarlo fui a una playa de *Coney Island* el sábado pasado. Mi experiencia en general fue aceptable. La playa no es tan bonita como las playas que a mí me gustan, pero lo más importante fue el contacto con el mar, usted sabe cuánto me gusta el mar, es una de mis grandes pasiones, me da una sensación de libertad.

—Estoy contento que por fin hayas roto esa barrera y que después de un año hayas tomado la decisión de ir a la playa.

—Me sentí bastante bien el sábado y el domingo pasados. Muy en paz y relajado, pero el lunes aparecieron otra vez esos sentimientos negativos obscuros que me estaban matando. Decidí permanecer en la casa todo el día y de no hablar con nadie y si me pregunta cuál es la razón por la cual no me sentía bien, no la sé. Ese es justamente el problema que veo. Sin razón aparente me siento muy mal. Por eso mismo quiero ver a un psiquiatra.

—¿Puedes hablarme un poco más de tus pensamientos y sentimientos cuando te encuentras en ese estado?

—Lo que puedo decirle es como reacciono a las situaciones emocionales altas y bajas de mi vida. Si estoy bien, arriba, tomo ventaja de eso y hago el máximo de cosas positivas en el momento que me siento bien. Pero cuando me siento mal, muy abajo, deprimido, también llevo ese estado emocional bajo a su máxima baja capacidad, lo que significa que no hago nada y creo que me bloqueo, que me daño a mí mismo, sufro y siento que me hundo sin poder hacer nada, me aíslo y me empapo de esas vibraciones negativas que me van haciendo caer más y más como en un laberinto sin fondo. Varias veces le he repetido que mi filosofía en la vida es que con cada problema que aparezca hay que encontrar la solución. Problema-solución. El punto es que con nuestra terapia he visto ciertas ganancias, pero al final mi problema original persiste. En realidad, no he dado con una solución completa. Yo quiero una solución que siempre trabaje. He pensado que a lo mejor su técnica no es lo suficientemente efectiva. Quizá sería mejor que buscara otro terapeuta. Quizá como usted me explicó en nuestra primera sesión de psicoterapia que, en sus estudios, durante los primeros años de su universidad, usted cursó materias para ser un trabajador social, cosa que no entiendo, no encuentro la relación entre ser trabajador social y psicólogo. A lo mejor usted es un brillante trabajador social, pero creo que como psicólogo le falta mucho.

Yo necesito un psicólogo puro desde su raíz educativa, no uno que primero estudió la carrera de trabajador social, porque a mi parecer usted no está capacitado debidamente para ser un buen psicoterapeuta.

—¿Qué te parece si primero escuchamos la opinión del psiquiatra?

—Está bien... ¿Qué le estaba platicando? Le estaba comentado sobre mi experiencia en la playa que en general no me gustó. Siempre estuve intrigado de cómo la gente me miraba, un hombre solo y viejo en la playa. Sentí como si me preguntaran, "¿qué hace un hombre viejo en la playa?" o tal vez la pregunta, "¿qué pasa viejo, quieres nadar, estás hablando en serio?" Si supieran que me siento mejor en el agua que en la tierra. Alcé mi voz con coraje, "Nado todos los días desde hace once años...".

—Continuamos con esta idea la próxima sesión, Gatto. El tiempo se acabó por hoy.

—Adiós. Odio cuando no me dejan terminar mi idea.

Abrí la puerta del cubículo. Caminé atravesando la sala de espera hasta el elevador. Apreté el botón del primer piso. En el preciso momento que puse mi pie derecho en la banqueta me sentí muy ansioso. Empecé a llorar. Quería una respuesta. Quería una solución. No sabía que puta madre me pasaba y para acabarla de joder una mujer menopáusica se acercó y me preguntó:

—¿Disculpe, sabe dónde está...?

—Pinche vieja, lárguese.

En ese estado de ánimo más bien diría yo negativo, transcurrió mi día. Ya de noche, me encontraba contemplando la luna directamente de mi cama, esperando a que me hablara y que me confortara y que me quitara las ideas que tengo de mí. Ideas como de que sé a ciencia cierta que yo soy más odioso que muchos. Aunque algunos de ellos sientan que están bien en su apreciación, yo no soy ningún idiota. Puedo entenderlos, especialmente a los que son jóvenes y bellos y sueñan con la vida. Sí, soy un viejo, yo diría casi un hombre muerto. Es chistoso que todos escuchan a todos, pero en el momento en que abro mis labios, todos se sienten agredidos. Ni siquiera pueden tolerar el sonido de mi voz, y aunque soy odioso y egoísta y tirano,

¿acaso no tengo el derecho de ser yo mismo a mi edad? ¿No me lo merezco? ¿Acaso no tengo el derecho de ser respetado ahora que estoy viejo? En ese estado confuso y bajo agarré un bote de pintura y una brocha pequeña y en la pared al lado izquierdo de mi cama, pinté los siguientes pensamientos:

"Me siento mal, terriblemente mal. Siento que me ahogo, no quiero vivir. Estoy cansado, harto de esta puta vida. No le encuentro ningún sentido a seguir viviendo. Vivir para sufrir es estúpido. Qué caso tiene estar lidiando todos los días con problemas y más problemas. La gente dice que como Dios te dio la vida, solo él te la tiene que quitar. Nada más tonto que eso. ¿Por qué tengo que vivir entre el dolor y el sufrimiento? Yo y solo yo tengo el derecho sobre mi vida. El único pedo es que hasta para eso me siento cobarde. Como que no soy capaz de matarme, que joda tolerar esos momentos tan aburridos y dolorosos segundo tras segundo. A veces oyendo las pendejadas de otros seres humanos mediocres, conformistas, que aceptan los desperdicios de la vida sin ningún afán de ser mejores, que nacen jodidos y se mueren retejodidos. Me duelen las patas. No he podido caminar como se debe. Aunque quiera salir tengo que quedarme en casa a huevo, sí, aunque yo no quiera. ¡Puta vida! ¡Atentamente! Gatto!".

Y la luna tranquila, en silencio, emanando su belleza y energía sin siquiera hacer nada, solo estaba ahí. Lunita, lunita, si tan solo pudiera tener un gramo de tu tranquilidad.

Capítulo Veintitrés

Como que me está cayendo el veinte de que yo no actúo como la gente regular. Soy raro, mi manera de ser es muy especial. En primer lugar, con tanto cuestionamiento todos los días, preguntas y preguntas que me hago cada centésima de segundo. Después, he observado que se me olvidan fácilmente las cosas: voy al supermercado y en el momento de pagar me doy cuenta de que se me olvidó traer el dinero. El otro día me salí a la calle sin zapatos. A veces llego a un lugar y no me acuerdo para qué fui. Estoy asustado y me he dado a la tarea de investigar si me estoy volviendo loquito o solo es mi paranoia.

Alzheimer fue un psiquiatra austríaco-americano que descubrió un tipo de demencia a la que se le nombró en su honor: enfermedad de Alzheimer. Entiendo que la demencia es la pérdida o debilitamiento de las facultades mentales que generalmente es grave y progresiva. Es debida a la edad o una enfermedad que se caracteriza por alteraciones de la memoria, la razón y trastornos de la conducta. Hay deterioro de la función cognitiva, deterioro de la capacidad para pensar, para recordar, para comunicarse y para desenvolverse en la vida cotidiana.

De acuerdo a estos elementos yo califico para tener demencia en la parte de la edad, en la parte de los trastornos de la conducta y las alteraciones en la memoria, pero sobre todo para desenvolverme en la vida cotidiana. Sí, soy medio raro con la gente a mi alrededor.

Me fui corriendo a la biblioteca e investigué arduamente. Se sabe que la demencia es provocada por depósitos de una proteína beta-amiloide y por los ovillos neurofibrilares que se producen por la proteína "tau" En el silencio sepulcral de la biblioteca escuché un sonido medio extraño. Un señor que parecía un calcetín colgado y que estaba sentado en frente de mí, no paraba de mascar chicle como las putas y el ruido me estaba volviendo loco. ¡Hijo de su chingada madre! Una biblioteca que se supone es un lugar sagrado en donde se debería guardar absoluto silencio. No me puedo concentrar. Total, después puedo continuar investigando. Me levanté y lancé estas palabras precisas al "calcetín colgado": ¡Pendejo! Me fui del lugar. Salí de la biblioteca todo confundido, cansado, harto de esta rejodida vida. Cansado de estar viviendo a huevo. Francamente, no me interesa seguir así en este planeta. Tengo que tomar una decisión que resuelva todos mis conflictos existenciales. En el fondo de mi mente siempre ha habido una solución, pero soy cobarde y no la he querido tomar.

Capítulo Veinticuatro

Cada año tengo una cita con el mar. Amo el mar. En esta ocasión me encuentro en la playa Brograshov de la ciudad de Tel-Aviv, Israel, en el majestuoso mar mediterráneo. Mi piel probando la arena del mar. Los pies avanzan hacia el calmado océano. El agua refrescante, deliciosa, saludable.

Primero nadé como cincuenta metros boca abajo y con mis lentes de nadar puestos: la transparencia de las aguas me permitían degustar la arena blanquísima y me ponían en trance. Después nadé boca arriba: el azul brillante del cielo me volvía loco. Iba y venía, yendo y viniendo sin cansancio, siguiendo el ritmo de las olas, perdido en la inmensidad del mundo azul de Israel, mar, cielo y cultura. Mi cuerpo y mi mente me pedían a gritos la posición fetal. Doblé mis extremidades inferiores, crucé mis brazos sobre el pecho y agaché la cabeza. Una descarga eléctrica atravesó mi ser y de inmediato sentí como flotaba en el líquido amniótico materno, conectado al útero de mi madre a través de las arterias y venas umbilicales.

—Mamá, ¿recuerdas cuando estaba dentro de tu matriz?

—Si Gatto y te odiaba. No quería tener más hijos. Estaba cansada y harta de tanto trabajar sin descanso, y si no teníamos suficiente dinero para alimentarnos, al haber otro miembro más de la familia complicaba mi existencia... y el alcoholismo de tu padre. Yo no quería que nacieras y el cabrón de tu papá me mandó con el sacerdote. ¡Hombres desgraciados! Diciéndome que no pecara. Ellos eran los pecadores y, por lo tanto, tú también.

—Gracias por esta conversación, mamá. Lo siento mucho, ya existo, no hay nada que hacer.

Necesitaba algo de aire, respirar otra vez. Regresando a mi camastro en la playa, murmuré: "¿Yo existo, o qué?" Me senté en una toalla, observando alrededor, fascinado e involucrado en esas notas musicales de Tel-Aviv. Me dieron ganas de orinar. La infraestructura de esa playa era impresionante. Caminé al baño y en el preciso momento que escuché el chorro de la orina cayendo en la taza me pregunté, ¿La gente de Israel tiene conflictos existenciales?

Cuando terminé de orinar me sacudí el pene porque mi padre me enseñó que los verdaderos hombres se tienen que sacudir el pene después de orinar. Me lavé las manos y chequé mi cara en el espejo nebuloso (que me recordaba la técnica 'sfumatto' de Leonardo da Vinci). ¡No! Lo que percibí no me gustó. Me veía fatal. Decidí marcharme al hotel.

Al siguiente día, todavía un poco tenso, regresé a la playa. Me sentía nervioso, con el mar mediterráneo a mis pies. Mi cuerpo un poco desequilibrado. Mi saliva me sabía medio dulzona, la temperatura corporal más caliente que lo normal. Estornudé una primera vez y de inmediato después volvía a estornudar en varias ocasiones.

Me soné la nariz, los mocos eran transparentes que indicaban la presencia de virus y no de bacterias y, por lo tanto, como no era una infección bacteriana: no antibióticos.

Las playas de Tel-Aviv me tenían impresionado. Insisto que estaban construidas con una tecnología de primer nivel. Me relajé y no pensé. Otra vez la tos y los mocos salieron en cascada, proviniendo de la fosa nasal derecha. Mis pensamientos discutían del tema cuerpo-mente contra el ser interior. Mientras que uno piense, yo soy mi cuerpo o yo soy mi mente más mis cinco sentidos, la vida será limitada y llena de sufrimiento. La mente siempre está ocupada pensando, pensando y pensando. ¿Qué voy a comer, hamburguesa o comida china? ¿Habrá alguien que empate conmigo en este universo? Me gustaría tener una persona especial a la que pueda amar y proteger.

Yo-personal, es diferente de Yo-ser interior. Me merezco alguien especial. Soy un buen ser humano. Quiero compartir mi vida con ese ser único, que estoy seguro está aquí, en esta galaxia. Saqué un pedazo de papel amarillo y traté de escribir, pero la tinta roja se acabó. Lo interpreté como la culminación o el cierre de un círculo y comenzar uno nuevo. Esta es la vida, círculos y círculos. Círculos y círculos. Terminar, empezar. Empezar, terminar. "Samsara". Yo nunca nací, yo nunca moriré. La vida es una secuencia infinita. Una pluma de escribir empieza y otra termina. ¿Estoy en la mejor etapa de mi vida? Por el momento me siento seguro, cómodo, atractivo, inteligente, productivo, muy guapo, capaz de conquistar a quien sea. A lo mejor la persona ideal está aquí, cerca de mí. ¡La amo!

Siempre estoy solo, pensando y pensando. Yo no soy eso, yo no soy eso, mi Guru dice. Nací limpio, saludable, caminando. Nunca nací, nunca moriré. Mejor no pienso, no expectativas. Solo vivo el momento. De todas maneras, espero que mi amor llegue hoy. Sigo encarando el espectacular mar mediterráneo en la playa Brograshov de Tel-Aviv. Si Dios existe ha de estar pensando en el cambio climático. No, no, más bien está ocupado, tratando de encontrar una solución, para que los humanos terminen con las guerras.

Quiere asegurarse que la humanidad piense en 'nosotros somos uno, uno somos nosotros'.

Me recordé que siempre tengo una cita con el mar, siempre. El mar es mi pasión, adoro el mar. El mar y yo somos uno. Como la canción mexicana que dice, "cerca del mar yo me enamoré". Me aproximé al agua azul celestial, sumergiendo mis pies y escuchando el sonido relajante de las olas. Aproveché para lavar mi reloj con el agua salada, sentía como si estuviera limpiando mi alma.

Cuando digo, yo quiero un amor, ¿quién quiere eso? El Yo-personal. Pero 'yo' soy mi ser interior, yo no soy mi cuerpo y mi mente. ¿Quién soy yo? Pregúntate a ti mismo, ve al origen, la mera raíz.

Me senté a la orilla del agua (H_2O), contemplando el magnífico horizonte. Yo no soy mi mente ni mi cuerpo físico. Sentía que no estaba haciendo nada. ¿Quién alguna vez no se siente como haciendo nada? El yo-personal, entonces ¿quién soy yo? Estoy seguro de que Dios tiene cosas más importantes que hacer. Por ejemplo, tiene que estar seguro de que el sol salga todos los días. Como quiera que sea, sentía que él me estaba diciendo, "Espera, todo va a salir mejor de lo que tú crees, todo va a salir bien".

El día era perfecto para ir hacia dentro de mí mismo, hacia mi ser interior. La claridad fría y caliente proyectada por el sol como un juicio de piedad sobre todas las criaturas, entró a través de mis ojos.

Me levanté y brinqué en la arena, creo que era mejor que estar pensando. Después de la brincadera fui y me senté en una roca que se encontraba como a tres metros de la orilla de la playa. A veces los pensamientos son las cosas más aburridas, estúpidas y sosas sobre este planeta. Más aburridas que la vida misma. Se prenden de tu mente como garrapatas, parlotean y parlotean sin un aparente final, dejando un sabor inconcluso a tu boca. Después vienen las palabras que siguen a los pensamientos y se convierten en oraciones sin final que siempre regresan. El cuerpo sobrevive por sí mismo una vez que se ha iniciado. Pero el pensamiento de que yo soy, es quién continúa, quién se desenrolla. Yo existo, pero que zigzagueante es este sentimiento de existencia que lo voy desenvolviendo lentamente. Si tan solo pudiera frenar de estar pensando... Lo intento y tengo éxito, mi cabeza parece llenarse de humo y vuelve a comenzar: humo - no pensar - no quiero pensar - pienso que no quiero pensar - no debo pensar, porque es solo un pensamiento. Sí, solo es un pensamiento... ¿Qué acaso no habrá un final-final para los pensamientos?

El pensamiento soy yo: por eso mismo no puedo parar. Yo existo porque yo pienso y no puedo detenerme de pensar. En este momento me asustaría si yo existo. Quizá porque estoy horrorizado de la existencia y soy el que se impulsa de la nada a lo que aspiro: el odio, mi disgusto por la vida. Hay muchas maneras de convencerme de que existo, de yo creer en la existencia. Siento que los pensamientos nacen atrás de mi como mareos repentinos. Siento como nacen al lado y dentro de mi cabeza. Si cedo se van a dar la vuelta hasta colocarse en frente de mí, entre mis ojos y lo malo es que yo siempre cedo. El pensamiento crece y crece y ahí está, inmenso, llenando y renovando mi existencia.

Me regresé a mi camastro y mi sombrilla en la parte trasera de la playa. Respiré con profundidad tres veces, contemplando el cielo donde estaban apareciendo algunas nubes rojas y rosadas. De mi maletita dorada saqué un espejo cuadrado de aproximadamente trece por trece centímetros de diámetro y con filos plateados que acentuaban las arrugas de mi cara. Veo la influencia del tiempo en mis músculos faciales. Mis ojos usualmente verdes y punzantes lucen brumosos y cansados. Pelos blancos y negros cubren mi quijada fuerte y mis cachetes hoyudos.

Alrededor de mis sienes las canas están avanzando y ganando más espacio a mi cabello negro. Una nariz encorvada que parece que le dieron un puñetazo. Pero lo que más odio son las bolsas inflamadas por abajo de mis ojos porque me hacen ver más y más viejo. Había investigado a conciencia que hacer para evitarlas o hacerlas desaparecer: desde tratamientos con cremas faciales hasta cirugías, pasando por bótox y ácido hialurónico, ejercicios de yoga, gimnasia y masajes faciales, remedios caseros, mascarillas, gotas reparadoras nocturnas, blefaroplastia, pero todo parecía indicar que a mi edad no había método suficiente para hacer desaparecer las bolsas.

De todos estos métodos creo que el mejor para mí sería la blefaroplastia, que es una cirugía en la que cortan parte de la piel de los párpados inferiores y así la piel que queda se retracta o como que se estira, desapareciendo bolsas y arrugas.

Me quedé dormido como media hora y al despertar me sentí un poco más relajado. Bien dicen que el sueño es reparador. Miré a mi alrededor y seguí maravillado con las playas. Era hora de comer algo.

Tercer día en Israel y muy tenso y deprimido y el mediterráneo sigue bajo mis pies. Anoche no pude dormir. Mi mente de mono, como la llaman las principales filosofías orientales porque siempre está brincando de una rama a otra. ¿Qué estaba haciendo en Tel-Aviv? Una solución había que ser tomada. Si no me sentía bien en esta vida, ¿por qué tenía que existir? Estaba harto de esa situación.

"Mañana mismo me voy al Muro de los lamentos en Jerusalén, el lugar donde dicen que Dios siempre está presente y expondré mi plan al universo". Mi saliva seguía medio dulce y mi cuerpo se estaba enfriando, el pulso cardíaco aumentaba.

Capítulo Veinticinco

Al día siguiente viajé a Jerusalén e inmediatamente me dirigí al barrio judío de la ciudad vieja. Preguntando, no me fue difícil dar con el 'Muro de los lamentos', que según la tradición judía es el lugar donde se dice que Dios vive eternamente.

Estaba parado como a unos veinte metros del muro. Me sentía incómodo porque tenía que usar una "lakipa" en mi cabeza. Era obligatorio, lo bueno es que allí me prestaron una. Por otro lado, entiendo que acercarse al muro sin "lakipa" es como faltar al respeto y me gusta apoyar todas las tradiciones religiosas. ¿Pero por qué estaba llorando?

Tenía la boca seca, el cuerpo hipercaliente y los mocos caían en torrentes. Caminé y lloré, lloraba y caminaba. Al fin el muro estaba exactamente en frente de mí, lo toqué con solemnidad con ambas manos y empecé a cantar:

"Quién soy yo? ¿Yo quién soy? Estos son los pensamientos que me vuelven loco.

¿Por qué estoy aquí? ¿Por qué me pasa esto a mí? ¿Viviendo la vida solo por existir?

Dios mío, dame una razón porqué la vida para mí es como una prisión.

Dame conocimiento, dame la luz de cómo puedo construir una vida tranquila.

Escúchame Dios, te voy a dar hasta el día de mi cumpleaños y si no me contestas, ejecutaré mi plan completo.

Oh mi Dios, dame una razón porqué siento mi alma como en una prisión. Aquí está el plan, considéralo y recuerda que la fecha de vencimiento es en mi aniversario".

De mi bolsillo saqué un sobre y lo puse entre dos piedras del muro.

Capítulo Veintiséis

Nunca nadie en mi vida me celebró mi cumpleaños. Cuando era niño mi madre jamás tuvo el detalle de festejarme mi cumpleaños. De hecho, yo odiaba cuando se acercaba la fecha de cumplir años. Era un día que pasaba triste y pensando que no valía nada. Pero hoy yo me lo voy a celebrar como se debe. Como buen choco-adicto me compré un pastel de chocolate y le puse una vela de color rojo.

"¡Buon compleanno! ¡Happy birthday to me! ¡Happy deathday to me! ¡Cumpleaños feliz! !Cumpleaños feliz¡" Nadie me recuerda, nadie me llama, Hola, extraño en el espejo. ¿Por qué quiero darte un puñetazo en la cara? ¿No has sido siempre un buen ser humano?".

Un día nublado, exactamente como no me gusta. Abro el closet y tomo una pistola vieja. La coloco sobre mi sien, hueso temporal derecho. ¡Perdónenme!

Se oye el ruido de un clic más que el de un disparo. La pistola ha fallado.

"Dios mío, ¿ahora qué?".

Sobre el Autor

Franciso Filipini

Dr. Francisco Adelfo de León Filipini, es Médico Cirujano y Partero. Políglota, Técnico Laboratorista Clínico, Actor, Cantante, Yogui, Terapeuta en Sanación Superior. Realizó sus estudios en México, Suiza, Inglaterra, Italia y Estados Unidos. Nació en Compostela, Nayarit, México y vive en la ciudad de Nueva York.

CPSIA information can be obtained
at www.ICGtesting.com
Printed in the USA
BVHW031041190423
662564BV00024B/270